U0942619

Yilin Classics

AESOP

经/典/译/林

Aesop's Fables

伊索寓言 555则

[古希腊] 伊索 著

黄杲炘 译

译林出版社

图书在版编目（CIP）数据

伊索寓言：555则 ／（古希腊）伊索著；黄杲炘译
．—南京：译林出版社，2023.11（2024.9重印）
（经典译林）
ISBN 978-7-5447-9889-1

Ⅰ.①伊… Ⅱ.①伊… ②黄… Ⅲ.①《伊索寓言》
Ⅳ.①I545.74

中国国家版本馆 CIP 数据核字（2023）第 170036 号

伊索寓言：555则 ［古希腊］伊索／著 黄杲炘／译

责任编辑 韩继坤
装帧设计 侯海屏
校　　对 张 萍 施雨嘉
责任印制 颜 亮

出版发行 译林出版社
地　　址 南京市湖南路 1 号 A 楼
邮　　箱 yilin@yilin.com
网　　址 www.yilin.com
市场热线 025-86633278
排　　版 南京展望文化发展有限公司
印　　刷 江苏凤凰盐城印刷有限公司
开　　本 890 毫米 ×1240 毫米 1/32
印　　张 7.375
插　　页 4
版　　次 2023 年 11 月第 1 版
印　　次 2024 年 9 月第 2 次印刷
书　　号 ISBN 978-7-5447-9889-1
定　　价 36.00 元

伊索和《伊索寓言》

《伊索寓言》是世界上历史最久、传播范围最广的作品之一，但对其作者，人们也像对荷马史诗的作者一样，所知甚少。目前，就连他的出生地都无法断定，因为有四个地方争取这一荣誉；至于他的出生年份，一般认为在公元前620年左右，而其主要活动的时期则为公元前6世纪。

据说他本是奴隶，前后有过两个主人，后一个主人因为他才智出众，恢复了他的自由，而在古代希腊，有了这身份，就可参加社会活动。后来，伊索逐渐摆脱默默无闻的卑微地位，变得越来越著名。

他广泛游历，据说来到一度称霸于小亚细亚的古国吕底亚，受到重视学术和知识的国王克罗伊斯的礼遇，在其宫廷里遇到梭伦（公元前630？—前560？）、泰勒斯（活动时期约为公元前580年前后）等当时的著名智者。

在这位君主邀请下，伊索定居于吕底亚首都萨狄斯，不时承担一些困难而又微妙的任务，出访某些希腊城邦，以他机智巧妙的寓言（例如《青蛙要求有国王》等），调停了雅典和科林斯的民众与当政者之间的冲突。

后来，他奉克罗伊斯之命，出使德尔斐，带了大量财货，准备去那里分发。但他觉得那里的人贪得无厌，便拒绝分发，把财货全送回他主公处。这激怒了德尔斐人，他们指责他亵渎神明，不顾他的使节身份，竟把他处决了。说来也巧，此后德尔斐灾祸连连，当地人觉得是报应，决定为伊索之死进行公开赔偿，以赎罪过。

当然，以上这些仅仅是传说而已。而另一种说法似较可信，即这位寓言作者死后，当时最著名的雕刻家为了纪念他，在雅典为他立了雕像；如此说属实，当可看出他在人们心目中的地位。到了17世纪，有位法国学者谢绝了要他当法国国王路易十三之师的邀请，埋头钻研古籍，搜集材料，终于在1632年写出《伊索传》，使人们对这位古代寓言大师的生平有了比较正确的了解。[①]而他整理出来的资料，也受到后世评家的肯定。

公元前5世纪末，伊索这一名字已为希腊人所熟知，于是许多寓言逐渐归在他名下。当时《伊索寓言》为学生必修，不熟悉这些寓言会被认为是无知。但在很长时期内，他这些寓言只在口头流传。据柏拉图说，苏格拉底在狱中等待死亡判决时，曾将他记得的寓言改成诗体。大约在公元前300年，雅典哲学家德米特里乌斯·法勒瑞乌斯第一次把这些寓言收编成集（已失传）。接着，在古罗马的奥古斯都（公元前63—14，公元前27—14在位）时代，同样是奴隶出身的费德鲁斯（公元前15？—50？）早年前往意大利，后在奥古斯都宫中获得自由，第一个用拉丁文写出全部寓言故事，以抑扬格的韵律把希腊的散文寓言改写为自由诗。公元3世纪时，巴布里乌斯则用希腊文写成诗体的寓言。后来，这些寓言诗也以伊索的名义流传于世。到了公元315年，一位叫阿弗托尼乌斯的修辞学家把其中有些寓言改写为拉丁文散文作品。此后，不论是修辞学家还是哲学家，都把《伊索寓言》给学生当练习，让他们讨论其中的道德教训，或要他们改写，提高他们语法和文学风格的修养。这方面的例子有拉丁诗人兼修辞学家奥索尼乌斯（310？—395？），他执教于当时几所著名学府，深受罗马皇帝瓦伦提尼安一世器重，被特召为皇储教师。他和他同时代一些作家，如阿维安努斯等，都有以诗歌或散文形式留下的拉丁文寓言。

---

① 14世纪初，君士坦丁堡的教士普拉努得斯收集了不少寓言，但他为这寓言集所写的伊索生平并无史料价值。而在那位法国学者之后，英国和德国学者也进行了研究，但在伊索的生平上所获不多。

14 世纪初，拜占庭帝王们重视学术，人们又开始怀念伊索。君士坦丁堡的教士学者普拉努得斯（1260—1310？）不仅校订出版了《希腊诗文集》，还收集了 150 则寓言。尽管其中可能包含一些流行于他那时代的作品，甚至少量是他自己创作的，但这一寓言集颇为重要，因为这是《伊索寓言》印行本的源头或基础，也使这些寓言直接吸引了人们的注意。事实上，在随后出现的欧洲文艺复兴中，这些寓言是最早受到注意的古代作品之一，在当时饱学之士心目中，同《圣经》和其他古典作品一样具有重要价值。例如意大利著名人文主义者瓦拉（1407—1457），不仅把荷马的《伊利亚特》、希罗多德（公元前 484？—前 425？）的《历史》与修昔底德（公元前 460？—前 400？）的《伯罗奔尼撒战争史》译成拉丁文，也翻译了《伊索寓言》。

1439 年，欧洲出现了印刷机。于是，在 1475 年至 1480 年间，普拉努得斯的寓言集印制成书并广为流传。1476 年，在科隆刻苦学习了两年印刷术的卡克斯顿（1422—1491）回到英国，在威斯敏斯特创办印刷所，并译出《伊索寓言》英语本，于 1485 年出版。而荷兰人文主义学者伊拉斯谟（1466？—1536）于 1513 年推出拉丁文新译本，在当时被广泛用作教材。

另一方面，这些寓言也迅速从意大利传往德国。宗教改革家常以这些寓言作譬，讽刺和谴责罗马教廷的丑行，扩大了这些寓言的影响。对此做过翻译的人包括著名的卡梅拉里乌斯（1500—1574）与马丁·路德（1483—1546）等。前者为他任教的图宾根大学的学生译了个集子，后者则译了 20 篇，数量虽不多，但据说，《伊索寓言》在宗教改革家眼中，重要性仅次于《圣经》。

1546 年，普拉努得斯的集子中增加了一些来自手抄本的寓言，出了一种新版本。1610 年，瑞士人奈夫勒特推出的第三种印行本极为重要。他收集的寓言空前丰富，除了普拉努得斯写下的那些，还包括 136 篇新寓言（来自梵蒂冈图书馆收藏的手稿），40 篇归在阿弗托尼乌斯名下的寓言，43 篇归在巴布里乌斯名下的寓言，以及费德鲁斯等人的拉丁文寓言译文。正是因为这本书的出现，伊索在当时确立了睿智的道德家和人类伟大导师的地位，并获得广泛好评。

此后三个世纪中，除了《圣经》，也许没有一本书传播得比《伊索寓言》更广。这些寓言不仅被译成许多欧洲文字，而且传入亚洲，早在1625年就有一些译成汉语。从此，它们不仅为各种宗教信仰的读者所熟知，被文明世界的文学所吸收，其中一些故事和用语甚至还家喻户晓。尤其重要的是，它们对法国的拉封丹（1621—1695）、德国的莱辛（1729—1781）、俄国的克雷洛夫（1769—1844）等人的寓言创作产生了很大影响。

奈夫勒特这本书虽然集寓言之大成，使《伊索寓言》的知名度达到空前的地步，但是在此书前言中，他提出一种观点，即《伊索寓言》这种表达形式的真正作者可能是巴布里乌斯。这引起欧洲学者的多方面考证和辩论，各方显示的学术水准和机智辩才，使这场辩论成为17世纪英国文学史上引人注目的事件。

到了1844年，有学者终于在希腊圣山的圣劳拉隐修院发现一个手抄本，据研究，这就是巴布里乌斯的本子。这抄本分为两部分，分别含125篇和95篇诗体寓言。这一发现既证明了《伊索寓言》的古老和真实，也表明巴布里乌斯是真正《伊索寓言》的可靠收集者。

这一抄本也暴露出以前英译本中的一些问题。为了更忠实地反映希腊文原作面貌，美国哈珀兄弟出版公司（哈珀与罗出版公司前身）于1927年推出了新译本。

从以上简介，我们可约略看出《伊索寓言》源远流长的历史，不同时代的人们对它的珍视和影响，以及它在人类文明史上的地位。这些寓言虽十分短小，情节也不复杂，却真正做到了言简意赅、耐人寻味。如今，这些寓言常被作为少儿读物，让中外少儿从这些小故事中获知某些人间大道理。即使是有相当阅历的成年人，面对五花八门、错综复杂的世界，有时也会想起以前读过的有关寓言，从而加深对事物本质或世态的认识。至少，我本人对此深有体会，并从中汲取了经验和力量，而这也正是如今促使我翻译寓言的一种动力，因为我感到自己得益于寓言之处甚多，尽管以前阅读时未加细细咀嚼。

这个汉译本以及这篇前言中的很多资料所依据的，就是上述哈

珀兄弟出版公司的英译插图本，因为这个英译本特别强调忠实于希腊原作，注意原作的神韵和紧凑（例如，同希腊文原作一样，几乎所有的寓言都不分段，只有最后的警句才另行起），而且所收篇数较多。我感到，这个英译本也许比较权威或比较受重视，因为我手边另外三本《伊索寓言》，除一本写明是供少年读者使用的插图本（Ginn and Company 出版），其他两本虽然出版单位不同，但仅排列顺序及所选篇数略有差异，各篇的文字几乎完全一致。

黄杲炘

CONTENTS · 目录

三　家畜类

四 节肢类、两栖类和爬行类

五　猛兽类

六　其他兽类

七　有翅类和有鳍类

八　人

九 神话人物

十 植物和无生命事物

一　狗、猫和鼠

1　獒与鹅

鹅刚来水塘边住下，就声称这地方属于她，任何其他动物偶尔走过，哪怕毫无冒犯之意，她也立刻扑过去，说这水塘是其私产，她要维护其所有权，还说只要她的嘴能发嘘声，她的翅膀能拍动，她就要争这份体面。就这样，她赶走了鸡、鸭和猪，甚至阴险狡诈的猫也曾被赶得鼠窜而逃。有一天，獒路过这里，感到口渴，觉得去舔几口水并无大碍。但一见他走近，我们这勇猛的水塘主就发出嘘声："走开！我叫你走开！水塘是我的！"她还扑过去，凶神恶煞般用嘴啄，用翅膀抽对方。獒的火气也上来了，有二十回想恶声恶气唬她一下，但主人离他不远，他就克制了怒火，只是大声说道："你这傻瓜！没有力气和武器打架的家伙，至少应当比较客气。"说完，獒不再搭理鹅，管自饮水解渴，然后就随着主人走了。

傲气招致轻蔑。

2　獒与杂种狗

结实又诚实的獒住在村子里防盗贼。有一天，他带着自己的一只小犬在走，街上所有的小狗聚在他附近，朝他吠叫。他身边的小犬对这种挑衅很气恼，就问父亲，为什么不扑上去将他们撕碎。獒非常平静地说："如果没有杂种狗，我就不是獒了。"

高尚本身，就是保障。

3 矮脚狗与獒

矮脚狗生性温柔敦厚，看到素不相识的獒走在路上，便赶上去很有礼貌地打招呼，说是如蒙不弃，很乐于做他的旅伴。獒脾气乖戾，但这会儿正好不像平时那样张牙舞爪，就答应了，于是他们友好地同行。愉快地谈谈说说中，他们到了一个村子，这时，獒的坏脾气开始发作，无缘无故就攻击遇到的每条狗。村民大为气愤，纷纷冲出来搭救自家爱犬，对这两位朋友不加区分，都是一阵痛打。可怜的矮脚狗只因交了坏朋友，就遭此厄运。

好运或厄运在相当程度上取决于所选的朋友是咋样的。

4 恶狗

有条狗不管遇上谁，总是悄悄跑到那人脚后，乘人不备就咬一口。主人就在他颈子上挂了铃，这样，无论他走到哪里，人们都知道他来了。这狗渐渐为此而自豪，在市场上转来转去，把铃晃得叮当响。一条老猎狗对他说："你干吗尽出自己的洋相？不瞒你说，你挂的不是勋章，恰恰相反，倒是你可耻的标志，为的是让所有的人知道，你是粗野的狗，从而避开你。"

臭名远扬常被误以为声名卓著。

5 狗、公鸡与狐狸

狗和公鸡是好朋友，一起外出旅行。夜幕降临时，他们在密林里过夜：公鸡飞上树去，栖在树枝上；狗就睡在下面树洞里。第二天拂晓，公鸡像平时一样响亮地啼叫了几声。狐狸听见了，想把公鸡当早餐，便走来站在树下，说这啼叫非常动听，他真切希望能结识这嗓音的主人。公鸡猜到他的用意，说道："先生，请赏我一个脸，绕到我下面的树洞前，叫醒我的门房，让他给你开门。"狐狸刚走近那树洞，狗就扑出来捉住他，把他撕成了碎片。

6　狗和厨子

一位有钱人举行盛大宴会，邀请了许多亲戚朋友。他的狗利用这机会，邀请外面一个狗友来，说道：“我的东家举行宴会，酒菜出奇地好，你今晚来同我享用一番。”到了约定时间，受邀请的狗前去赴宴，看到人们在准备豪华筵席，满心欢喜地说：“这次有幸前来，真叫我高兴！这样的机会我不常有，得好好吃一顿，让今明两天都觉得肚子饱。”他暗自庆幸，摇着尾巴，仿佛向朋友表达喜悦之情。就在这时，厨子看见这狗在准备好的菜肴附近走来走去，便抓住他前后腿，毫不客气地把他扔出窗口。他重重地摔在地上，一边惨叫，一边跛着脚走开了。他的吠叫立即引来街上其他的狗，他们问他那顿筵席吃得开心不开心。他回答道：“跟你们直说吧，我酒喝得太多了，把事情忘得一干二净，连怎么离开那屋子的也记不得了。”

不速之客，难受欢迎。

7　狗和鳄鱼

在尼罗河边上，一条狗跑着跑着感到口渴，但害怕被河里那怪物抓住，没敢停下来喝水解渴，只是一边跑一边舔着嘴唇。鳄鱼在河面上露出头来，问他为什么如此匆忙，接着又说：“我常希望同你会会面，因为我知道我肯定会非常喜欢你。所以你何不停下来同我谈一会儿？”狗回答道：“承蒙你看得起，但恐怕乐趣都在你那边。说真的，正是为避开你这样的伙伴，我才如此匆忙。”

结交坏蛋要多加提防，再怎么小心也不为过。

8 狗和狐狸

几条狗看见一张狮子皮，用牙齿咬呀撕呀，将其扯成了碎片。狐狸见他们这样就说：“要是这狮子还活着，你们会发现，他的爪子比你们的牙齿厉害。”

对倒下的人踢一脚，这样的事容易做到。

9 狗和牡蛎

有条狗经常吃蛋，有一次看到牡蛎，也当作蛋，便尽量张大嘴巴，津津有味地把它吞下。过了一会儿，他觉得肚子疼得难受，说道：“我遭这份罪也活该，因为我太傻，以为圆的东西一定是蛋。”

不经过充分考虑而行动，常碰上意想不到的危险。

10 狗和肉贩子

狗跳进肉铺，趁肉贩正在忙乎，叼了一颗心就开溜。肉贩回过头来，看到狗叼着心逃跑，大喊道：“嘿！任你跑到哪里，我都会盯着你。你偷了一颗心，并不会让我灰心，反而让我更当心。”

吃一堑，长一智。

11 狗和野兔

猎狗从山坡上赶出一只兔子，追了她很长一段路。猎狗有时咬她，仿佛要把她咬死；有时却舔她逗她，好像同另一条狗玩耍。兔子对他说：“希望你对我不要真真假假的，要把你本意亮出来。如果是朋友，为什么咬我这样狠？如果是仇敌，为什么又舔我逗我？”

不知是否可信赖，绝不可成为朋友。

12　狗和影子

狗衔着一块肉过桥，看到下面溪水中自己的倒影，以为是另一条狗，觉得那狗衔的肉比他的大一倍。于是，他撂下自己那块肉，对那狗发起猛烈攻击，想夺下对方的大肉。结果他两头落空。因为他想抢夺的那块本就是水中影子，而他自己那块已被溪水冲走。

要去咬虚影，丢失嘴中肉。

13　狗群和牛皮

几条狗饿坏了，看到河水中浸着牛皮，但没法够到。他们一致同意，要喝干河水。结果还没够到牛皮，他们都因喝水过多而胀破了肚皮。

不可能的事，可别去尝试。

14　狗、山羊和狼

狗起诉山羊，说是他曾借给山羊小麦，而且这借贷有狼、鸢、兀鹫做证。山羊被判败诉，需付赔偿金并承担诉讼费，只得出卖身上的毛以满足债主的要求。

当法官、陪审团、证人串通一气对付被告，那么无论案由对错和指控真伪，都不是鸡毛蒜皮的小事。

15　紧追狼的狗

狗紧追着狼，边追边想：自己多么优秀，腿多么有力，跑得多么快。想到这里，他不禁自语道：“瞧眼前这狼，一副狼狈样，根本不能同我比。他知道这点，所以逃跑。”这时狼回头对他说：“别以为我在逃避你，朋友；我怕的是你的主人。”

16　两条狗

有人养着两条狗。一条是受过训练的猎狗，会帮主人打猎；一条是守门狗，只教他看家。每当主人打了一天猎，回到家里，总在猎获的东西里分出很大一份给守门狗。猎狗对此感到愤愤不平，便责备他的狗友道："猎获这些东西是非常辛苦的，你没有为打猎出力，却坐享我的劳动果实。"守门狗答道："朋友，你别怪我，要批评也得批评东家，是他没有教我劳动，只让我靠人家的劳动为生。"

父母的过错，别责备孩子。

17　熟睡的狗与狼

狗躺在农舍前睡觉，狼扑到他身上要吃他。狗劝他不要这么急，说道："现在我瘦骨伶仃，只要耐心等一等，我东家即将大办婚宴，那时我吃得饱饱的，长胖了给你吃就好多了。"狼信以为真，掉头而去。隔了一阵再来，他见狗睡在屋顶上，就站在下面叫唤，提醒他从前的约定。狗回答道："狼呀，倘若你再见到我在农舍前睡觉，就别等婚宴啦！"

明智者一旦脱险，将终生防微杜渐。

18　咬羊的狗

牧羊人很信任他的狗，常让其独自照看羊群。尽管这狗深得主人爱护，而且吃得很好，但是主人刚一转身离开，他就骚扰羊群，有时还咬死一只，挑精拣肥地吞吃一部分。牧羊人终于发现这恶狗辜负了自己的信任，决定毫不留情地吊死他。绳索绕上狗颈子的时候，狗苦苦哀求饶命，求主人还是吊死恶狼，因为狼对羊群的危害大他十倍。主人毫不动摇地说："尽管如此，你这坏蛋比狼坏十倍。你这种奸恶死有余辜，什么也救不了你。"

最危险的敌人在自己家里。

19　占着牛槽的狗

狗趴在牛槽里，又是吼叫，又是扑咬，害得牛群不能上前，吃不到槽里为他们准备的干草。一头牛对伙伴们说道：“这只狗多自私！他不吃干草，也不让我们去吃。”

自己不能享用，何必妒忌他人。

20　成对的猎狗

一天早晨，猎人带狗出去打猎，把几条年轻的配成对拴在一起，以免他们闻到各种气味后，按他们各自的倾向和爱好乱追乱跑。乔勒和薇克森就是其中一对，命运把他俩拴在了一起。他俩虽说年轻又无经验，但做伴了一段时间，看来彼此颇有好感，玩在一起，而且遇上争斗总站在对方一边，所以，更紧密地把他俩结合在一起，想来不会有异议。但结果并非如此。因为过去从未这样，现在拴在一块让双方都感到不自在。不同的个性和相反的意愿开始显现并产生影响：你选这个方向，我急于去相反的方向；你要冲过去，我就肯定落在后面——薇克森把乔勒往后拉，乔勒把薇克森朝前拖；乔勒向薇克森吼叫，薇克森朝乔勒吠叫，最后彻底闹翻；乔勒全然无视薇克森的性别和气力小，对她的态度粗鲁蛮横。他们就这样持续不断烦扰和折磨对方，一条老猎狗看在眼里，走到他们跟前责备道：“你们真是一对小笨蛋，老这样自寻烦恼！有什么妨碍了你们，就不能太太平平安安静静一起过？就不能稍稍征求一下对方意见，彼此退让半步？既然是必须拴在一起，那就至少试着安之若素并顺势而为。你们挣不脱锁链，但可以适应它，避免自己难受。我是上年纪的老犬了，告诉你们我的经验吧。我曾处于和你们同样的境况，但我很快发现，同自己的搭档作对只是在折磨自己；幸运的是，同我拴在一起的那位也这么想。于是我们为合力追求同一个目标而努力，顺从彼此的意愿，一起走走跑跑，不但相安无事，而且乐在其中。我们从经验中得知，相互迁就不仅可弥补自由的受限，甚至还带来满足和欢快，这就超越了自由本身所能提供的。”

婚姻幸福少不了相互迁就。

21　老猎狗

猎狗年轻力壮时，林中的野兽从没从他那里逃脱过。现在他老了，狩猎时遇上了野猪，虽然勇猛地咬住了对方耳朵，但牙齿不行，没法一直紧紧咬住，还是让野猪逃走了。主人快步追上来，见此情况后非常失望，便痛骂这狗。狗抬眼看着主人说：“东家，这不是我的错。我的干劲同以前一样大，但年老体弱叫我有什么办法。我应该为过去的表现受到称赞，而不该为如今的情况受到责备。”

过去的业绩，不应当忘记。

22　猎狗、狮子和狐狸

猎狗在森林里游荡，看见一头狮子。平时他追惯了小猎物，以为搞大的也行，就追了过去。狮子很快发现狗在追他，就刹住脚步，转身对狗大吼一声。猎狗连忙掉头就逃。狐狸见状，笑话他说：“哈哈！胆小鬼居然还追狮子，一听到狮吼马上就逃。”

23　母狗和母猪

母狗和母猪争论不休，都说自己的幼崽比对方的强。最后，母猪说：“好吧，不管怎么讲，我的幼崽一出世就能睁眼看，而你家的那些，连眼都睁不开。”

24　母狗和她的小狗

母狗立刻要生小狗，急切地央求牧羊人，借个地方供她下崽。这要求得到同意后，她又提出：让她仍在这地方养育小狗。牧羊人又同意了。最后，小狗长大了，都有了自卫能力，母狗凭这些贴身保镖，硬说她对这地方有独占权，不许牧羊人走近。

狗多势众，仗势行凶。

25　饿猫与鸽子

有人养了猫，但在猫粮上很节俭。猫这可怜东西又饿又贪吃，自然不会满足于日常口粮，所以常在角角落落找吃的。一天她经过鸽棚，看到几只小鸽子羽毛未丰，不禁垂涎欲滴。为一饱口福，她立刻爬上鸽棚，根本不看看主人在不在。而鸽子主人一见猫进来，马上关门，堵住所有可供进出的洞口，把这窃贼当场逮住，吊在鸽房角落。不久，路过的猫主人看见她，叫道："倒霉蛋，虽然我给你吃得差，但如果你能满足，就不至于落到这地步！"

生活中不知餍足，会招来生命短促。

26　两只猫与猴子

两只猫偷来一大块干酪，但对怎么分却各执己见，决定请猴子仲裁。猴子欣然接受这判官职位，拿出天平，把干酪一分为二，分别放进两个秤盘，说道："你们看，这块比那块重。"于是，为让两头一样重，他把那块重的咬掉一大口；这一来，另一头又重了，一丝不苟的判官有理由再咬一口。两只猫吃惊不小，连忙叫道："好啦，好啦！把剩下的分给我们就行了。"猴子答道："你们行，我判官可不行；这种性质的案件不能这么快判定。"他接着一点一点轮流咬那两块东西。两只可怜的猫眼看干酪越来越小，求他别再继续费心费事，把剩下的赏给他俩算了。猴子答道："别这么急，朋友；我像你们一样，也要对自己公正。剩下的这点用来给我付费。"说完这话，他把剩下的东西往嘴里一塞，庄重地宣布庭审结束。

吹乐器为你们伴舞，可不能白白地服务。

27 猫与蝙蝠

猫吃掉了主人心爱的红腹灰雀，听到主人对别人说，一找到她就要她的命。在此危急关头，她向朱庇特[①]祷告，发誓说如果朱庇特帮她逃过这次劫难，她在有生之年将不再吃任何禽类。因此她得以渡过这次难关。不久，猫咪正在窗口打呼噜，一只极诱人的蝙蝠飞进房间。现在的问题是，碰上如此难逢的机会该如何行动？一方面，馋得要命很难熬；另一方面，发的誓让她有所顾忌。最后，她想出最简便的方法，扫除了所有障碍：作为鸟，蝙蝠是禁脔，但作为鼠类，她可以吃得心安理得。于是她不再犹豫，扑向这美味。人也有这种倾向。当良心与原则同利益与爱好发生矛盾时，为了欺骗自己，就用这类既无根据又无意义的区分方法。

在良心学书中寻找"义务"一词时，我们的爱好却已经把义务控制。

28 猫与公鸡

猫抓住公鸡，想要吃他，要找个言之有理的借口，就给他加个罪名，说他天没亮就啼叫，让人没法睡觉，因此对人来说，是个祸害。公鸡为自己辩护，说他这么做对人有利，可以使他们及时起来干活。猫回答道："尽管你能言善辩，有许多似是而非的理由，我却不能饿着肚子不吃饭。"说罢，便把公鸡当了晚餐。

---

① 朱庇特是罗马神话中统治诸神的主神，相当于希腊神话中的宙斯。

面对的法官不公正，无辜者的辩白没用。

29　猫与狐狸

猫与狐狸有一次在树林里交谈。狐狸说道："我不怕发生任何事，因为我有一千种花招，任何一种都能帮我摆脱困境。我说猫太太，要是你碰上袭击，怎么办？"猫回答说："我只有一个办法。要是那办法不管用，我就完了。"狐狸说："我真为你难过。我很乐意把我的招数教你一二，不过信任人家是不明智的。我们只好各自保重。"话刚说完，一群猎狗吠叫着向他们冲来。猫凭她屡试不爽的防身术，一溜烟上了树，安安稳稳坐定在树枝间。她对狐狸说："这就是我的办法。你的办法是什么？"狐狸尽管有一千种花招，却没法逃出人家的视野，终于成为狗嘴的牺牲品。

一技在身就安心。

30　猫与老鼠

有座房子里，老鼠活动猖獗。猫得知后便住了进去，抓来老鼠就吃。老鼠因不断被吞食，便老是待在洞里。猫再也抓不到老鼠，感到得用计谋把他们引出来。为此，她跳上木栓，吊在那里装死。有只老鼠偷偷朝外一看，瞧见了她，说道："好太太呀，哪怕你变成一袋面粉，我们也不会走近你。"

用糠秕抓不到老鸟。

31　猫与麻雀

猫和麻雀一度友谊深厚，因为在猫很小的时候，麻雀就被送给了她，同她一起玩。麻雀胆子大，常假装使小性子，发脾气似的啄猫，而猫就用半张半缩的爪子打退麻雀的进攻。这种玩耍常愈演愈烈，但双方从没真的发火。后来麻雀碰巧结识了另一只麻雀，但两个家伙都不是很讲理，不久便开始吵架，而且越吵越厉害。在这些争斗中，猫的小玩伴总是落败。有一天他气得浑身发抖来找猫，要求猫为他报仇出气。于是猫朝那陌生被告扑去，很快就将其嘎吱嘎吱咬碎了吞下。这时，猫自言自语："麻雀味道这么好，我以前倒不知道。"现在，她嗜血的胃口被吊了起来，转眼就抓住了小玩伴，送去同其对手会合。

制止麻烦难于制造麻烦。

32 猫与维纳斯

猫爱上一位英俊的小伙子，恳求维纳斯[1]把她变成女人。维纳斯允其所请，把她变成了美丽的姑娘。小伙子见到她便爱上她，把她带回家做新娘。他俩在新房里躺下后，维纳斯想看看，猫的形态改变了，她的习性是否也已改变，就在屋子中央放了一只老鼠。这时，新娘完全忘了自己的现状，立即从床上一跃而起，追着老鼠想把它吃掉。维纳斯大失所望，就使她恢复了原形。

教养敌不过天性。

33 猫与众鸟

猫听说禽鸟饲养场里的鸟害了病，就把自己打扮得像个医生，提着手杖和医疗用品去了那里。他敲了敲门，问里面的各位鸟身体可好，说如果他们生了病，他乐于为他们开处方，把他们治好。鸟雀们回答道："我们都很好。如果你肯行个好，离开这里，让我们这样过下去，那我们还会继续好下去。"

有些治疗比病更糟。

---

① 维纳斯是罗马神话中的爱和美的女神，相当于希腊神话中的阿芙洛狄忒。

34 城里老鼠和乡下老鼠

乡下老鼠向城里老鼠发出邀请，要这好朋友来做客，分享他农家的伙食。他俩来到一无遮蔽的田间，吃着麦秆和灌木树篱下刨出的根茎。这时，城里老鼠对他朋友说："你在这里过的是蚂蚁生活；而我家里却应有尽有，吃喝不愁，周围多的是山珍海味。真希望你愿意跟我去，到了那里，你就能分享我丰盛的美味佳肴了。"乡下老鼠马上被说服，跟着朋友进了城。到了家，城里老鼠在朋友面前放上面包、大麦、蚕豆、无花果干、蜂蜜、葡萄干，最后，还从篮子里拿来可口的干酪。乡下老鼠看到如此盛宴，大为高兴，以热烈的言辞表达了他满意的心情，同时对自己的艰难生活不胜感慨。他们刚要大吃一顿，突然有人开门，吓得他们吱吱一叫，连忙逃进洞里。洞很小，他俩只能挨挤在一起，才勉强容身。他们第二次准备进食时，偏偏又有人进来，打开了食品柜拿东西。这一回，他们更是吓得厉害，连忙鼠窜而去，躲了起来。最后，饿得半死的乡下老鼠对朋友说："虽说你为我准备了如此精美的筵席，可也只得让你自己享用了。这里危机四伏，使我忐忑不安。我宁可去一无遮蔽的田野，吃灌木树篱下挖来的根茎，这样，我才能过上太平日子，不用老是提心吊胆。"

与其怀着恐惧入席盛宴，不如安心地吃粗茶淡饭。

35 老鼠和公牛

公牛被老鼠咬了一口，觉得很痛，就想捉住他，但老鼠已安然逃进墙洞。公牛用角在墙上挖呀挖的，挖得筋疲力尽，趴在墙洞边睡着了。老鼠探头一看，随即偷偷摸摸爬上牛身，咬了一口又退进洞里。公牛站起身来，一筹莫展，又恨又恼。老鼠朝外面小声说："大人物未必总是占上风。有时候，卑微的小人物在作乱闹事上最厉害。"

强者未必总获胜。

36　老鼠和黄鼠狼

一帮黄鼠狼和一群老鼠彼此为敌，厮杀不已，血流遍地。黄鼠狼每战必胜。老鼠认为，他们屡战屡败的原因，是没有置身队列之外的长官指挥，是没有纪律而招致危险。于是，他们选出作战中最勇敢、家世最显赫、力气最大、计谋最多的老鼠，让这些鼎鼎大名的老鼠指挥他们，把他们排成战斗队列，编成团、营、连。待到一切就绪，部队都训练好了，身居纹章官职位的老鼠便正式向黄鼠狼宣战。那些新选出来的将校个个头扎麦秆，显得与众不同，以便部下识别。但战斗刚开始，老鼠一方便溃不成军，个个都拼命朝鼠洞逃窜。而将校们因为头上有那装饰品，无法钻进洞去，结果全数被俘，被黄鼠狼吃掉了。

名声越大，地位越高，危险就越大。

37　老鼠和机关

几只老鼠有一回看到，在一个极小的房间里挂着烤肉，而门正开着，那肉吊着他们贪婪的胃口，让他们想去大啖美食。但其中两三只很谨慎，注意到只有那扇门，只能从那里进出，所以无论是命运不佳还是故意设置，只要那门关上，进去了必将无法逃脱。因此，他们不愿进去，说是多吃点家常饭菜也就满足了，犯不上为打打牙祭去冒生命危险。但其他老鼠声称看不出有什么危险，就进去大快朵颐，突然他们听到门啪地关上，一个也跑不了了。他们顿时被死到临头的恐惧攫住，对美食已毫无胃口，更别提下咽了，只是瑟瑟发抖，直到设下机关的厨师来结果他们。还是那几只满足于日常伙食的老鼠明智，连忙逃回洞里，保全了性命。

谁想干大事而去火中取栗，也该有准备好退路的能力。

38　老鼠开会

老鼠们召开会议，想找到一个最好的办法，让猫这个大敌一走近，他们就能及时获悉。会上大家献计献策，有个建议最受青睐，就是在猫的颈子上系个铃铛，这样猫一走近，他们便可听到铃声，及时逃进鼠洞。可是，当老鼠们进一步展开讨论，研究该谁去落实系铃铛的工作时，却找不到有谁愿去。

明智的建议，得贴合实际。

39　老鼠、青蛙和鹰

生活在陆地上的老鼠倒了霉，阴错阳差同青蛙成了好朋友。这青蛙大部分时间生活在水里，有一天存心不良，把老鼠的脚同自己的脚紧紧缚在一起。这样彼此联结之后，青蛙先带老鼠朋友去池塘边的草地，这是他们经常来觅食的地方。随后，他带老鼠渐渐走近他居住的池塘，待来到塘边，他突然往水里一跳，把老鼠也拖了下去。青蛙在水里优哉游哉，一边游泳一边呱呱直叫，简直像立了功。倒霉的老鼠很快被淹死了，尸体漂浮在水面上，仍旧由青蛙的脚拖着。鹰见到死老鼠，猛然扑下，用爪子一抓，把他带到高空。青蛙由于还同老鼠的脚系在一起，也同样被抓走，成了鹰的食物。

以损人开始，以害己告终。

40　老鼠与大象

老鼠走在大路上，遇到驮着国王的大象，象背上还有国王宠爱的狗、猫、鹦鹉和猴子，后面跟着大批奴仆和侍臣。大象和众多随从之后，还跟着啧啧赞赏的人群，挤满了整个路面。老鼠对人说："你们真蠢，看见象就这么大惊小怪。你们是赞赏他身躯庞大？光是大算不了什么，最多只能让小孩子害怕，这一点我也做得到。我同他一样是走兽，腿、耳朵、眼睛的数目都同他一样。如果你们愿意把我俩做一比较，就会看出我的秀美。既然如此，他有什么权利霸占这大路？这条路属于他，也属于我。"就在这时，身居高处的猫看见了老鼠。

她跳到地上，立刻就让老鼠明白了：他不是大象。

41　两只老鼠

有只年老的老鼠很狡猾，在巡视中发现一块干酪，这非常吸引他，但干酪放在一个小小机关里。他很清楚，他去动干酪，就会中机关，就想了个鬼主意。他找到年轻的朋友，说是看在友情的分上，告诉他一个特大喜讯。“我自己是用不上了，”他说，“因为我刚饱餐了一顿。”年轻的老鼠没有经验，听了这消息信以为真，满怀感激向他道谢，冒冒失失扑向那诱饵。啪的一下，他当即毙命，而机关不能再来第二下，于是那年老的伙伴放心地享用了那干酪。

路人的话不可轻信。

42　移居海外的老鼠

有只母老鼠在国内时刻提心吊胆，就怕死于猫爪和机关，终于厌倦了这种生活，对附近洞里的住户说：“我头脑里刚来了好主意。几天前我啃着一本书，得知有个叫印度的好地方，老鼠在那里比在这里安全得多。那里的哲人相信，老鼠的灵魂本是国王的、伟大军人的或奇妙圣人的灵魂，人死后，灵魂很可能投胎于美女或强有力的大人物。如果我没记错，这叫灵魂转世。受此观念影响，他们对一切动物都很慈爱，还给我们鼠类建了招待所，住在那里会受到名人般款待。所以呀，我的好姐妹，我们快去那个国度吧，那里有这么美妙的习俗，会公正对待我们的长处。”另一只老鼠问：“那么，猫进不进那些招待所呢？如果他们也进，灵魂转世肯定很快，而且为数众多；爪子一伸或牙齿一咬就可能造就一名苦行僧或国王，而没这种奇迹我们也能过得好好的。”头一只老鼠说：“别担心。那里秩序良好，猫跟我们一样有自己的房子，他们病猫住的医院跟我们的不在一处。”经过这番谈话，两只老鼠一起出发，晚上沿船索爬上即将远航的大船。航行

中，她们为眼前的茫茫大海而欢欣鼓舞，因为远离了凶猫肆虐的可恶土地。痛快的旅行结束，她们抵达印度西岸海港苏拉特——为的是受印度人善待，而非商人那样为发财。刚走进专为老鼠布置的房屋，她们就巴不得有最好的膳宿。其中一个说是想起自己曾是马拉巴尔海岸[①]的世家子弟，另一个则声称自己曾是那地方耳朵长长的贵妇；但她俩的不端言行让印度老鼠完全失去耐心。于是老鼠之间开战。两只新来的老鼠原想把自己那套强加给人家，自然得不到宽恕，结果没有被猫吃掉，而是被自己的弟兄咬断喉管而死。

如果既不谦虚又不明智，哪里也找不到安全之所。

43　小鼠、猫和公鸡

小鼠没见过世面，一天跑回家说："娘啊，我吓坏了！刚才看见一匹两条腿的庞然大物，走路神气活现。到现在也猜不透他是什么。他头戴红帽，目露凶光，盯着我看，嘴巴很尖利。突然，他伸直长脖子，张大了嘴吼叫起来。那声音真响，我以为他要吃我，就尽快跑回了家。真倒霉，竟遇到了他，因为就在这以前，我看见一只漂亮动物，比他还大，我真差一点就同这位好上了。她的皮毛同我们一样柔软，不过是灰、白两色。她眼光柔和，好像要打瞌睡的样子。她非常亲切地看着我，长尾巴左右摆动。我以为她想同我说话，差一点朝她走去，只是那可怕的家伙一吼叫，把我吓跑了。"母老鼠说："亲爱的孩子，你做得对，是该逃掉。你说的那个凶狠家伙倒不会伤害你。那是没有恶意的公鸡。可是，那温柔漂亮的家伙是猫，是你在世界上的头号死敌，能把你一口吃掉。看外表不大靠得住啊！"

外表不可信。

① 马拉巴尔海岸在印度西南部。

44　鼹鼠和母鼹鼠

鼹鼠是生来视力就很差的动物。[①]有一回，小鼹鼠对母亲说："妈！我一定能看见东西。"为了让儿子认识错误，母亲在他面前放了一点乳香[②]，问："这是什么？"小鼹鼠答道："小石子。"母亲大声说道："我的儿啊，恐怕你不单是看不见，我看，你是连嗅觉也没有了。"

---

① 鼹鼠是多种穴居小动物的统称，它们有眼睛，但通常视力都极差。

② 乳香是乳香属植物茎皮渗出的一种树脂，有特异香气。

二　狐狸和狼

45　吃得太饱的狐狸

狐狸饿瘪了肚子，看见橡树的树洞里有牧人留着的夹肉面包，便钻进树洞，称心地大吃一顿。吃完之后，他肚子撑得太大，没法钻出来，便哼哼唧唧哀哭。另一只狐狸经过时听到哭声，上前问他为何伤心。听他讲了事情经过，洞外的狐狸对他说："哦，朋友，你得待在里头，等恢复到你钻进去时的样子，出来就容易了。"

46　狐狸和刺藤

狐狸爬上树篱，刚要摔下，慌忙拉住刺藤，结果手掌被严重扎伤。他责备刺藤，说自己遭难时寻求她帮助，不料她比树篱还恶劣，竟这么对待他。刺藤打断他的话，说道："我自己一向攀附在其他东西上，你却偏偏来攀附我，真是昏了头。"

不可信赖的，就绝不信赖。

47　狐狸和狼

狼住在山洞里，把丰富的食物储备隐藏得很好，现在正在享用。狐狸在狼经常行猎的地方没看见他，找到他这藏身处，以问他身体好不好为由，来到洞口张望，指望狼请他进洞一起进餐。狼回答的声音低沉而沙哑，说是病很重不能见客。狐狸只能快步走开，憋着一肚子闷气。他去找牧羊人，叫他拿好结实的棍子跟着，要把狼窝指给他看。牧羊人跟去把狼打死，狐狸就占有了那山洞和洞中食物，享用其叛卖行为的收获。几天后，牧羊人经过那里，朝那山洞一看，见狐狸在里面，就把他也杀了。

恶有恶报。

48 狐狸和猫

狐狸和猫一起旅行，以大谈道德解闷。狐狸感叹道："在所有美德中，仁慈最崇高！你说呢，我大智大慧的朋友，是这样吗？"猫正色答道："当然，任何有感情的生物，最要紧的是有同情心。"他们正相互赞扬对方明智和有洞察力，狼从树林里蹿出，扑向牧场上吃草的羊群，丝毫不为小羊的可怜哀叫所动，在他俩面前吃了小羊。猫惊叫起来："残忍得可怕！他干吗不吃害虫？那就不必这么野蛮，不必吃这些无辜的小动物了。"狐狸同意这说法，还对这可憎行为说了些让人动情的话。他们变得义愤填膺，此时来到路边一栋小屋前，狐狸立刻瞄上场地里踱步的大公鸡。于是，不谈道德啦，他毫不犹豫地越过围篱，当即吃下这美餐。也就在这时，羊棚里跑出一只胖老鼠，猫顿时抛开自己那套哲学，毫无怜悯之心地扑向他的点心。

讲一套，做一套，倒也是常见的一套。

49 狐狸和面具

狐狸走进演员的屋子，翻遍他的东西，看到一副面具。这面具上画的是人脸，画得很像。狐狸把脚爪踏在面具上说："多美的头啊！但是毫无价值，因为它根本就没有脑子。"

有美貌，没头脑，啥也干不了。

50　狐狸和葡萄

狐狸饿慌了，看到葡萄架上挂着一串串成熟的紫葡萄，便费尽心机要吃到它们。结果弄得神困体乏，还是一场空，因为她没法够到。最后她只好失望地走开，却自欺欺人地说："这葡萄是酸的，先前我以为熟了。"

得不到的东西，要鄙视很容易。

51　狐狸和山羊

狐狸掉进很深的井，没法出来，就像是囚徒被关在那里。山羊口渴难熬，来到井边，见到狐狸，便问他这里水质好不好。狐狸隐瞒了不妙处境，装出高高兴兴的样子，极力把井水称赞一番，说是甘美异常，并怂恿山羊下井。山羊只顾解渴，轻率地跳下，喝了水，解了渴。这时，狐狸把他俩的困境告诉山羊，提出一个可使彼此脱身的计划。他说："要是你两只前脚搭在井壁上，把头低下，我就能踏着你脊背蹿到井外，然后救你出去。"山羊马上接受了狐狸的第二个建议。于是狐狸跳上他脊背，稳稳站在两只角上，安然翻出井口，随后尽快跑掉了。山羊骂他背信弃义，他回头嚷道："你这老东西真傻！要是你脑子有你胡子那么多，一定会在跳下前，先看清楚有没有再上来的办法，绝不会让自己身陷绝境，落得无路可逃的下场。"

要跳，先看看；要做，先想想。

52　狐狸和狮子

狐狸从没见过狮子，偶然在森林里第一次见到，吓了个半死。第二次遇见狮子时，他还是胆战心惊，但程度与第一回有所不同。第三次见到时，狐狸竟然胆子挺大，上前同狮子亲热地谈话。

了解能冲淡先入之见。

53 狐狸和狮子

狐狸看到狮子关在笼里，便站在近处痛骂他。狮子对狐狸说："辱骂我的倒不是你，而是落到我头上的不幸遭遇。"

54 狐狸和乌鸦

乌鸦偷来一块肉，叼着它就高栖在树上。狐狸看见了，想把肉占为己有，便使了个花招。他故意惊叹道："乌鸦多么漂亮，她体态多么美丽，肤色多么白皙！唉，要是她的嗓音同美貌相称，那么说她是百鸟中的女王就理所当然了！"听了他这番鬼话，乌鸦急于用事实反击对她嗓音的污蔑，便呱呱叫起来，这一开口却让肉掉了下去。狐狸连忙把肉衔在嘴里，对乌鸦这样说道："我的好乌鸦，你的声音倒不错，但缺少智力。"

奉承话很好听，但听时要当心。

55 狐狸和野猪

野猪在老树上磨着獠牙，狐狸正好走过，问他为什么做此战斗准备，因为附近并未见到敌人。野猪答道："你的话可能没错，狐狸先生，但你知道，我们空闲时应当磨利武器。因为危险一旦来临，还有别的事要做。"

谨慎者不会用完有用的东西，总要存下一些以备不时之需。

56 狐狸、狼和马

狐狸第一次看到马在吃草，连忙跑去找老相识狼，把新发现的动物描绘一番，说道："这可能是美食，是老天赐给我们的口福。跟我来，你看了自己判断。”他们拔腿就跑，很快来到马的跟前，但马头也不抬，似乎不想搭理这两个形迹可疑的家伙。狐狸开口说：“先生，我们是你卑微的仆人，很想知道你的满座高朋怎么称呼你。”马脑筋很灵，当即回答说他的名字写在蹄子上，这很古怪，专供有兴趣者一读。狡猾的狐狸马上猜到可能有诈，就说：“我家里很穷，供不起我上学，所以我一字不识。我这位搭档相反，出身大户人家，能读也能写，还有其他上千种才艺。”狼听了这番吹捧很受用，当即摆出无所不知的派头，走上前去看。马跷起一蹄，做出方便他检查蹄子的模样，等他走近就猛地一踢，踢得他仰面倒地，下颌皮开肉绽血流不止。狐狸嘻嘻笑道：“现在他把名字写在你脸上，你不用问第二遍了。”

好奇又自负，会带来痛苦。

57 狐狸与豹

狐狸与豹各不相让，都说自己比对方漂亮。豹指着身上各种花斑，要对方看。狐狸打断他的话，说道：“我的装点不在身上，而在脑子里，这比你不知漂亮多少。”

美貌不过一张皮。

58 狐狸与刺猬

狐狸泅水过河，被湍急的河水冲进幽深的峡谷，弄得遍体鳞伤，气息奄奄。由于无法行动，他躺了很久。一大群饥饿的飞虫叮在他身上吸血。刺猬走过，对他的苦楚相当同情，就问他是否要把作践他的飞虫赶掉。狐狸答道：“千万别赶，别骚扰他们。”刺猬问：“为什么？你不想摆脱他们？”狐狸答道：“不想，这些飞虫已吸饱了我的血，叮起来不厉害了。要是你把吸饱的赶走，别的饿坏了的飞虫就会来接替，会把我剩下的血吸干。”

两害相权取其轻。

59 狐狸与伐木人

狐狸被猎狗追赶，一路奔逃，碰上正砍伐橡树的人，便求他指点安全的藏身之所。伐木人建议去他的小木屋躲一下。狐狸溜了进去，躲在角落里。一会儿，猎人带着狗群赶到，问伐木人是否看到狐狸。伐木人嘴上说没看到，但说话时手却指着狐狸藏身的木屋。猎人相信了伐木人的话，却没注意他的手势，急急忙忙向前赶去。等他们走远了，狐狸拔脚就走，对伐木人理也不理。伐木人见他这样，便叫住了他，责备道："你这忘恩负义的家伙，我救了你的命，你离开时连谢我的话都没说一句。"狐狸答道："要是你言行一致，要是你的手不拆你嘴巴的台，我倒真是该衷心感谢你的。"

真心显诚意。

60 狐狸与狗

狐狸溜进羊群，抓来一只正在吃奶的羊羔抚弄着，显出一副爱抚的模样。牧羊犬问他："你这么干究竟要怎样？"狐狸说："哦，我只是在逗他玩。"牧羊犬说："别来这一套，马上就滚！要不，我让你瞧瞧狗是怎么抚弄的。"

61 狐狸与蝈蝈

狐狸听到蝈蝈在树枝间嚁嚁叫，心想这可以成为他口中美味，要施计骗她下来。于是他站在树下望着蝈蝈，用尽花言巧语赞美她的歌声，然后请她下来，说是很想结交嗓音这么美的主儿。但蝈蝈没有上当，回答说："亲爱的先生，如果你以为我会下来，那就大错特错了。有一天我见你洞口附近有许多蝈蝈翅膀，从此对你和你的同类敬而远之。"

62　狐狸与鹤

狐狸请鹤来用餐，只准备了豆子汤待客，汤倒在扁平的石头盘子里。鹤一吃，汤便从长长的嘴里流出来。鹤欲吃不能，非常懊丧。狐狸看在眼里，特别高兴。后来，鹤也请狐狸来用餐，在她面前放了小口长颈瓶。鹤很容易把脖子伸进去，不慌不忙享用瓶里的食物；狐狸却连滋味都尝不到，遭到了恰如其分的报复，因为这是她自己的待客之道。

别玩作弄人的把戏，人家还你常加利息。

63　狐狸与河水

好多狐狸聚在河岸上想解渴，但水急流深，看起来很危险，他们就站在河边互相鼓励，要彼此别害怕。后来，有只狐狸为让大家羞对他的英雄气概，就说："我一点都不怕！瞧，我这就一脚踏进水里！"但他刚一入水，就被水流冲走了。其他狐狸见他漂向下游，都喊了起来："别抛下我们就走！快回来告诉我们，哪里可以安全地饮水。"他回答道："恐怕现在不行；我要去海滨，这河水会把我稳妥地送到那里。我回来后很乐意指给你们看。"

在爱吹牛的人嘴里，倒霉事对他也有利。

64　狐狸与猴子

有一次，猴子在百兽大会上表演舞蹈，他的舞姿使众兽大为满意，于是大家选他为王。见他平步青云，狐狸心怀妒忌。她发现捕机里有肉，便领着猴子前去，说自己发现了一处库房，但没敢擅自动用，把这作为在他王国里发现的无主财宝，为他保存，留待他去接管。猴子粗心大意走上前去，中了机关。他指责狐狸故意让他落进圈套。狐狸回答道："猴子啊，就凭你这么点头脑，还想当百兽之王？"

处理自己的事都不行，怎能处理他人的事情？

65　狐狸与猴子

狐狸与猴子一起走路，经过一处墓园，里面满是墓碑和纪念雕像。猴子说："你看见的这些碑和雕像，都是为纪念我祖先而立，他们在世时都是自由人，是大名鼎鼎的公民。"狐狸答道："你为自己的一派胡言挑了好题目，因为可以肯定，你祖先里没有谁能反驳你的话。"

假话常会露馅。

66　狐狸与蛇

蛇过河的时候被水流冲走，见一捆山楂树枝漂过，就努力扭动着游过去，盘在那捆多刺的树枝上快速地顺流而下。岸上的狐狸见他打着旋漂去，叫喊道："天哪！这乘客跟这船倒是挺般配！"

67　两只狐狸

两只狐狸溜进鸡窝，咬死了公鸡、母鸡和小鸡，开始大吃起来。其中年轻的一只不思前想后，主张当场吃光。贪心的老狐狸建议为以后留一些。他说："孩子，经验让我明智，自从我来到世上，见识过很多意外事件。所以别一下子吃光所有储备，要为可能的不时之需做准备。"年轻的狐狸答道："这话明智异常，但我决定暂不挪身，先吃个大饱，一星期里可不再进食。你想想，我们吃了这些鸡，鸡主人肯定要找我们算账，一旦被他抓到，我们就死定了。谁再来这地方真是疯了。"短短的对话一结束，他俩各行其是。年轻的狐狸直吃到撑破肚皮，死的时候连爬到鸡窝门口的力气都没有。老狐狸深谋远虑，克服了当下的食欲，以备将来之需，所以第二天又来，果然被鸡主人所杀。就这样，年轻的为贪吃而死，年老的因贪婪而亡。

各种年龄有各种特具的毛病。

68　落井的狐狸

落井的狐狸用爪子紧抓井壁，勉强把脑袋伸出水面。不久，狼走来在井口探头看看。狐狸急忙招呼他，请他找根绳子或别的什么，反正要能帮他从井里脱身的。狼见他倒了大霉，动了恻隐之心，不禁把他的关心说了出来："可怜的狐狸啊！我为你感到由衷的难过。你怎么会落进这样悲惨的境地。"狐狸答道："别说了，朋友。如果你希望我没事，就别站在那里可怜我，要尽快给我帮助。因为水已经到了下巴颏，我马上就要淹死或饿死，这时的怜悯只是冷冰冰的安慰。"

怜悯只是拙劣的慰藉，除非有实质性结果，否则与其说令人宽慰，不如说令人讨厌。

69　没了尾巴的狐狸

狐狸被捕机夹住后，虽然逃了出来，却丢了掸子般的大尾巴。从此他成了被耻笑的对象，感到活得很累。他想方设法，力图使其他所有狐狸都像他一样：只要大家都没有尾巴，那么他少根尾巴就不再出乖露丑。他把许多狐狸召集在一起，公然建议他们割掉尾巴，说道："没了尾巴，大家不仅可以漂亮许多，而且因为抛弃了累赘的掸子，可以方便不少。"有只狐狸打断他的话，说道："朋友，要是你自己没丢尾巴，才不会给我们出这点子呢。"

谁希望你落到他那光景，你对他就得多留一份心。

70　狼和病驴

驴子生病的消息传播开来，有些动物毫不犹豫地声称：她活不过当天晚上。这一来，好多狼来到驴子住处，纷纷叩门问驴子病情。小驴子从窗口探出头来说，母亲的身体比他们巴望的好得多。

言为心声。

71　狼和狐狸

狼群里出了只强壮的大狼，在力气、个头和敏捷性上，超过所有同类，于是群狼一致同意，授予他“狮子”名号。这只狼个头虽大，但头脑与个头不成比例，以为人家不是空给他这个名号，所以离开了同类，专同狮子结交。狡猾的老狐狸看到这一情况，说道：“但愿我永远不像你这样骄傲自负，做出这种可笑的事。你在狼群中固然显得像狮子，但是在一群狮子里，你毕竟是狼。”

72　狼和狐狸

一群狼和一群狐狸推选首领，选中的狼是恶棍，专会花言巧语。他上任伊始，就召集属下并发表如下演说：“有件事极端重要，而且事关我们全体福祉，为引起你们重视，我再怎么强调也不为过。这就是，如果要增进我们真正的兄弟情谊，如果要提高我们的普遍道德水准，最好的办法就是克服一切自私自利。所以，你们每一位如果在狩猎中福星高照，有所收获，就要同身边饥饿的兄弟分享。”有只狐狸听了这番话，喊叫起来：“听着！听着！那就从你自己开始做起，昨天你不是在住处藏了一只肥羊？”

你对人怎样说教，自己就应该做到怎样。

73　狼和看门狗

狼遇见胖乎乎的大狗，见他颈子上有木头项圈，便问他是谁把他喂养得这么好，又让项圈上的链子拴着一段沉重的木头，使他去哪里都得拖着。狗回答道："是东家。"于是狼说："但愿我的亲友永远不会受这种苦，因为这链子的重量足以使我们大倒胃口。"

自由无价。

74　狼和鹭鸶

狼喉咙里卡了骨头，只得请来鹭鸶，要她把头伸进他嘴里，叼出那根骨头，并答应事成之后必有重谢。鹭鸶取出骨头后，要求得到事先讲好的报酬。狼龇牙咧嘴地笑了笑，接着咬牙切齿地大声说道："什么话！让你的头安然从狼嘴里抽回去，难道这报酬还不够！"

为坏蛋做事别指望报酬，辛苦换来太平就算万幸。

75　狼和马

狼从燕麦地出来，遇上了马，便对他说："我建议你去那片地里，那里满是上好的燕麦，我都没碰过，是我特意为你留着的，因为你这位朋友嚼起东西来，牙齿发出的声音我喜欢听。"马回答说："如果燕麦也是狼的食粮，你绝不会为了一饱耳福，就牺牲你肚子的需要。"

名声坏了，做好事也得不到称赞。

76　狼和牧羊犬

狼对牧羊犬说："你们同我们有许多相似之处，为什么不跟我们同心同德，亲如兄弟地住在一起呢？我们和你们只有一点不同。我们活得自由自在，而你们屈服于人，给人当奴才。而且，虽然你们替人干活，人却用鞭子抽你们，把项圈套在你们脖子上。他们叫你们看管羊群，可是，他们吃羊肉，只给你们丢几根羊骨头。如果你们觉得我们言之有理，就把羊群交给我们，大家一起享受，吃到肚膨胃胀。”那些狗听从了建议，但是刚进狼窝，便受到攻击，被撕成碎片。

77 狼和牧羊人

狼经过一座小屋，见屋里几个牧羊人正在吃饭，吃的是羊的腰腿肉。狼走近他们说：“你们现在做的事，换了我来做，不知你们要闹成什么样了。”

自己这么做可以，人家这么做要批。

78 狼和牧羊人

有只狼总跟着一群羊，跟了好长时间却从未伤害羊。起先，牧羊人把他看作敌手，严加防范，密切注视他的行动。可是一天天过去了，狼照旧同羊群一起，毫无扑杀他们之举，于是牧羊人不再认为他对羊群有觊觎之心，反把他当作保护羊群的。一天，他进城办事，把羊群托狼照管。这回狼乘机对羊大肆攻击，把一群羊咬死了大半。牧羊人回来，见他的羊死的死，逃的逃，大声叹道：“我这是活该，为什么把羊交托给狼？”

79 狼和山羊

狼看到山羊在峭壁顶上吃草，自己无法走近，就叫唤她，恳切地请她下来，免得一个不巧摔下来；随后又补充说，他站的地方遍地是草，而且鲜嫩极了。山羊答道："不，我的朋友，你并不是邀请我去牧场，而是你自己需要食物。"

使用诡计而达不到目的，不应该为此而感到惊奇。

80　狼和狮子

狼从羊圈里偷了羊羔，叼着回窝。路上，狮子碰上他，把羊羔一咬，就从狼嘴里夺了过去。狼站在一段距离外，自恃狮子已够不着他，喊道："羊羔是我的，你却不正当地从我嘴里夺走。"狮子反唇相讥道："哦，这是你的正当财产？是朋友送你的礼物？"

81　狼和狮子

狼在山坡上走着，这时太阳西沉，他看到自己的影子又大又长，就自言自语道："我既然有这样巨大的身躯，几乎有一英亩大，为什么还要怕狮子？难道不该把所有的野兽召集起来，让他们尊我为王？"就在他恣意狂想自封为王时，有只狮子向他扑来，把他杀了。临死前他悔恨至极，叹道："我这倒霉鬼！妄自尊大是我毁灭的根源。"

妄自尊大往往是自我欺骗。

82　狼和小羊

狼遇见离群的小羊，决定不来硬的一手，而要找出一番道理，让小羊知道自己被吃掉是罪有应得。于是，他对小羊说道："小鬼，你去年出言不逊，辱骂过我。"小羊挺可怜地咩咩答道："去年我还没出世呢，真的。"狼随即说："你一向在我的牧场上吃草。"小羊答道："不会的，好先生，我至今还没尝过草的滋味呢。"狼又说："你喝的是我的泉水。”小羊惊叫起来，说道：“不会的，我从来没喝过水，到现在为止，我吃的喝的都只是我妈妈的奶。”狼一听这话，就抓住小羊，说道：“好吧，就算你驳倒了我每一条指责，我还是要吃这顿晚饭的。”然后，狼就把小羊吃了个精光。

暴君总能为暴行找到借口。

83　狼和羊

狼被几条狗咬成重伤，躺在窝里难以动弹。他想搞点吃的，便叫住一只路过的羊，请他到近旁小溪中打些水来。狼说：“只要你给我弄来喝的，我就有办法自己找肉吃。”羊说道：“讲得对，要是我给你打来了水，你肯定让我为你提供肉。”

假惺惺的话，容易被识破。

84　狼、狐狸与无尾猿

狼指控狐狸偷窃，但狐狸断然否认这一指责。这场纠纷由无尾猿负责解决。双方充分陈述各自的理由后，无尾猿做出如下宣判：“你这只狼虽自称失窃，但我认为你并没有丢失东西；而你这只狐狸虽振振有词地否认偷窃，我却坚信你偷了东西。”

不老实的家伙即使说实话，也没有谁相信。

85　狼教导狐狸

有一天，狐狸对狼说：“你想象不出，我过的日子通常有多糟。肉老得要命的公鸡，或瘦骨伶仃的皱皮母鸡，这样的食物很容易吃腻。我看你过得比我好多了，也不用怎么冒险。我得在人家屋子周围偷偷转来转去，而你就在田野上捕食。把你的本事教给我吧。让我在狐狸中首开纪录：要吃肥羊随时能吃到。教教我吧，你是个好伙伴，不会因此有损失的。”狼说：“行。现在不妨告诉你，我有个兄弟刚死，遗体就在那边，你去把他的皮披上后来见我。”狐狸依言而行，狼给他上了好些课，教他怎么嗥叫，怎么撕咬，怎么打斗。起先狐狸学不像，后来有所改进，最后做得同老师一样好。这时正好看到一群羊走来，于是这刚培训满师的“狼”咆哮着猛冲过去，把牧童、牧羊犬和羊群都吓得逃回家，只剩下一只刚被咬断咽喉的可怜死羊。就在这时，近处农家的公鸡大声尖啼。这熟悉的叫声难以抵御，狐狸顿时甩下狼皮，尽快朝公鸡跑去。狼呀羊呀什么的，刚才对他还无比重要，现在忘了个干净。

调教容易，本性难移。

86　狼、母羊和小羊

母羊早上出门找食，吩咐小羊把门闩好，谁来也别开，除非报出口令“恶狼该死”。这话正好给潜伏在附近的狼听见，但母羊没看见他。待母羊走远了，狼上前叩门，还学着母羊的声气说“恶狼该死”。他以为这样一来小羊准会马上开门，不料小羊有点犯疑，回答说：“把你的胡须给我看看，我才会开门。”

双保险更保险。

87　狼披着羊皮

狼披上羊皮，溜进羊圈，吃了几只小羊。牧羊人很快发现了他，没扒下他身上的羊皮就把他吊在树上。其他牧羊人走过，以为吊的是羊，就对这同行叫道：“喂，老兄！你们这里就这么对待羊？”牧羊人听了，一边把吊着的家伙转过来让他们看清楚，一边大声回答：“朋友，不是吊羊；这是对付狼的手段，尽管他们披着羊皮。”

不明真相，容易误断。

88　狼群和狗群对抗

一天，狗群和狼群积怨爆发，于是选希腊犬为帅。但他并不急于投入战斗，一任狼群恶言搦战。他对狗群说："我有意暂不发兵，你们要明白我的用心。因为行动前必须好好商议。现在对方是清一色的狼，全都同宗同祖；而我们这些战士有不同习惯，个个以自己籍贯为傲。甚至连皮毛颜色都不统一：有的黑，有的白，有的灰，还有的是黄褐色。这样各不相同的乌合之众，我怎么能领去打仗？"

任何军队要获取胜利，都得意志和目标统一。

89　狼群和羊群

狼群对羊群说道："我们彼此间为什么老是这样残杀，打得不可开交？这情况应由居心不良的狗负责。每当我们走近你们，他们总是汪汪乱叫；我们没伤害你们，他们倒来攻击我们。只要你们别再让他们跟在身边，打发他们走，我们双方马上就可签订和约，相互修好。"那些羊真是可怜的蠢货，容易受骗上当，竟然把狗打发走了。羊群没了保护，狼群便随心所欲地把他们吃得精光。

面对不共戴天之敌，千万别打出休战旗。

90　狼群与羊群的和约

羊群一度很勇猛，敢于同狼群开战，而且在所有冲突中，只要有狗群支持，至少可以同敌方打个平手。于是狼群派使者去跟羊群议和，以双方互换质子了结事端：羊群把狗交给狼，狼群把狼崽交给羊。然而没多久，那些狼崽狂叫起来。狼群就以狼崽受虐待为由，硬说羊群毁约并立刻发动攻击，这时羊群没了盟友，为自己的愚行付出了代价。

本性上绝不相容的事物，想去撮合是最蠢的企图。另外：傻乎乎讲和的破坏力，连血战也远远没法比。

91　狼与狐狸

狼想过一段舒心日子，私下里藏好食物就不再外出。过后他的狐狸朋友问他，怎么好多天不见他出来狩猎。狼说有点不舒服，所以在家待着，希望狐狸能为他祈祷，让他恢复。狐狸很鬼，随即去找牧人，说是只要牧人想干，现在正可以对狼发动突袭。牧人按照狐狸的指点，把狼杀了。狐狸马上进了狼窝，接收其中储存的全部食物。但这桩买卖没让他高兴多久，因为牧人很快就像对待狼那样对待他了。

92　满意的狼与母羊

狼吃饱了撑得慌，见母羊仰面躺在地上起不来，知道是吓瘫了，就上前让她安心并许下诺言，只要她讲三句真话就放她走。母羊开口便说，她希望有可能不再遇到狼；其次，如果遇上了，她希望狼瞎了眼；最后，她说她希望邪恶的狼个个不得好死，不能再来侵害他们。狼承认她实话实说，放她走了。

即便是对头或敌方，也常常受真话影响。

93　披着羊皮的狼

有一次，狼决心用衣着来掩盖他本来模样，以为这样一来，他的食物就可源源不断。他披上羊皮，凭这诡计瞒过了牧羊人，混进牧场上的羊群。到了晚上，他被牧羊人关进羊圈。羊圈门关上后，进出的路就完全阻断了。当夜，牧羊人进了羊圈，要为第二天准备肉食，他捉羊时，捉住了那只狼，就在羊圈里把他宰了。

想害人，反害己。

94　伪装的狼

狼常去附近的羊群观望，时间久了一眼就被认出了。他觉得，要想成功地劫掠一番，就得以新形象出现。为了不被认出，他穿上牧羊人的衣服，前脚支一根棍子，算是牧羊人用的曲柄杖，然后悄悄走向羊群。正好，牧羊人和牧羊犬都躺在草地上熟睡，这时要不是他犯糊涂想学牧羊人的声气，准会大获成功。但他吓人的嗓门惊醒了人家，而他又被伪装所累，既无法抵抗，也难以逃跑，结果很容易成了牧羊犬的猎物而丢了性命。

虚伪虚过了头，常让人发现不对头。

三　家畜类

95　胡闹的驴子

驴子爬上屋顶胡蹦乱跳，把瓦踩碎了。主人上去追他，用粗棍子狠狠揍他，转眼就把他赶了下去。驴子说道：“咦，昨天，我看见猴子就是这么干的，可你们都开怀大笑，好像他使你们得到了很大乐趣。”

谁不知道自己的正确位置，肯定会受到教训而获知。

96　驴子、渡鸦和狼

驴子在牧场上吃草，渡鸦落在他背上，啄他背上的伤口。驴子痛得乱叫乱跳，以为伤口作痛。驴夫隔着点距离看到这情景，大笑起来。路过的狼见了，自言自语道：“我们真是不幸！一经发现就被赶跑，这有多糟！但有的动物并不如此，靠近了反倒引人大笑。”

胡作非为之徒，一眼便可被认出。

97　驴子、公鸡和狮子

驴子和公鸡在一处场院里，狮子饿急了，就走近这地方。他正要朝驴子扑去，公鸡大声啼叫起来。据说，狮子特别怕听公鸡的叫声，所以尽快逃掉了。驴子见狮子听到鸡啼竟吓成这样，就有了进攻狮子的勇气，一撒腿追了上去。他跑了没多远，狮子便转过身来抓住他，把他撕了个粉碎。

错误的自信，常导致危险。

98 驴子、狗和狼

驴子驮着东西缓缓走在小路上，后面跟着疲惫的主人，主人脚边跟着饿狗。小路穿过牧场，主人在草地上一躺就睡着了。驴子就地啃起草来，不想挪动。狗饿得难受，觉得时间很难熬，就对驴子说："亲爱的伙伴，求你低一低身子，让我从你的驮篮里弄些吃的。"驴子只当没听见，只顾啃着嫩嫩的青草。狗还是央求着，最后驴子答道："你就不能等主人醒来吗！那时他一定会给你那份口粮。"就在这时，饿狼出现了并扑向驴子的咽喉。驴子急叫起来："亲爱的狗兄，快救命！"但是狗动也不动，只是说："等主人醒来吧。他肯定会来救你。"话刚说完，驴子就被咬断咽喉躺在地上。

行好事会有好报。

99 驴子和巴儿狗

主人有一头驴子和一只马耳他巴儿狗①，这狗非常漂亮。驴子给关在牲口栏里，同天下的驴子待遇一样，也有很多燕麦和草料可吃。巴儿狗会玩很多把戏，深得主人宠爱，经常受到爱抚。每逢主人在外用餐，总给他带回一点小小美味，而他就在主人身边蹦蹦跳跳，那模样叫人看了喜欢。驴子的情况相反，得干很多活：既要拉磨把麦子磨成面粉，又要去林子里驮柴，还要去农庄上驮东西回来。他常常怨命苦，把自己的艰辛同巴儿狗的吃喝玩乐、无所事事相对照。有一天，他终于挣脱缰绳，跑进主人屋子，乱跳乱蹦地尽力卖乖讨好。接着，

① 这种玩赏狗因马耳他岛得名，性情温驯活泼，纯白色的长毛又厚又软，身高一般为20—25厘米，体重约3千克。

他又学巴儿狗，想在主人身旁蹦蹦跳跳，却踢坏了桌子，把桌上的碗碟打得粉碎。随后，他想舔舔主人，就跃到他背上。仆人们听到稀里哗啦的古怪声音，看到主人的不妙处境，便救出主人，对驴子拳打脚踢、棍棒齐下，把他赶回牲口栏。驴子回栏时，已被打得半死，哭叫道："这都是我自找的！为什么我不肯安安分分同伙伴们一起干活，偏要学那一无用处的巴儿狗，过吊儿郎当的日子？"

各人有各人位置，人人要各安其位。

100　驴子和狗

驴子和狗结伴旅行，走着走着，看到地上有个密封的小盒。驴子捡起来开了封，发现里面是文书，就大声念给狗听。这些文字都有关青草、大麦、干草——反正全是驴子爱吃的饲料。狗听着听着，感到很不耐烦，终于忍不住喊道："你就跳过几页，朋友，看看有没有讲到肉和骨头的。"驴子把所有的文字扫视一遍，没此类发现，就照直说了。大为不满的狗说："扔了它吧，快扔。这样的东西有啥用？"

101　驴子和蝈蝈

驴子听到几只蝈蝈在叫，大为着迷，一心想让自己也有这份音乐才能。他向蝈蝈打听，他们吃什么东西为生，才有这样美妙的声音。蝈蝈回答道："吃露水。"驴子决定，也要单靠吃露水为生，结果很快就饿死了。

没有两个人可以同样对待。

102　驴子和几个主子

驴子本属于贩卖香草药草的生意人，但在这位主人手下，他干的活儿多，吃的东西少。于是驴子向朱庇特申请，要求从目前的劳役中解脱出来，给另外安排主人。朱庇特警告了他，说他将为这要求而后悔，接着就做出安排，把驴子卖给制作砖瓦的人。过了不久，他觉得驮的东西更重，制砖场的活更累，又要求换主人。朱庇特告诉他，这是最后一次同意他的请求，随后便做出决定，把他卖给鞣皮工。驴子发觉自己落到更糟糕的人手里，也看清了东家的行当，哀叹道："对我来说，还是在两个老主人那里挨饿受累好，现在把我买下的东家，到我死后还要硝我的皮，拿我派用场呢。"

103 驴子和狼

驴子在牧场上吃草，看到狼过来，顿时装得一瘸一拐的。狼走上前来，问他怎么瘸的。驴子说，走过树篱时，踩在了一根尖尖的刺上。他请狼帮他把刺拔掉，免得吃他的时候扎伤喉咙。狼同意了，托起那只驴蹄，全神贯注找那根刺。驴子猛地把两只后蹄使劲踢去，踢掉了狼牙，自己撒腿便跑。狼遭到这迎头痛击，伤势沉重，说道："我活该，父亲只教我以杀戮为业，为什么我想搞医术呢？"

104 驴子和老羊倌

老羊倌看着他的驴子在牧场上吃草，突然听到仇敌的叫声，大为惊恐。他请驴子同他一起逃，免得都被捉去。驴子懒洋洋答道："请问，我为什么要逃？你以为，抓住我的人会给我的脊梁压上两副驮篮？""不。"老羊倌答道。驴子说："那么，反正总是压一副驮篮，何必关心是谁使唤我呢？"

对穷人来说，换谁做主人都一样。

105 驴子和驴夫

在主人的驱赶下，驴子在大路上走着。突然，他撒腿跑开，窜到下面就是深谷的悬崖边。他正要纵身往下跳，主人一把拉住他尾巴，使劲往回拖，但他还是一个劲儿往前冲。主人只得撒手让他去，说道："算你赢吧；你赢是赢了，却以你自己为代价。"

即便是倒霉事，傻瓜也会坚持。

106 驴子和骡子

骡夫赶着驴子和骡子上路，这两头牲口都驮着重负。在平地上走，驴子觉得还不太费劲，但登上陡峭山路时，便感到在这重负下难以支撑。他央求伙伴帮他负担一点，让他把其余东西驮到目的地；但骡子对驴子的请求无动于衷。过了一会儿，驴子不胜重负，倒毙在地。在这荒凉的地方，骡夫别无良策，顾不得骡子已驮着东西，把驴子驮的那份也加在他背上，还把剥下的驴皮也放上。骡子给压得够呛，哼哼唧唧自语道："我受到这种待遇是自作自受。只要驴子危难时我愿意帮他一把，现在也不至于驮上他那份东西，还把他也背在身上。"

107 驴子和骡子

驴子和骡子一起在路上跋涉。驴子注意到他俩驮的东西一样，颇感不平而发怨言，说骡子应当驮得比他多，因为据他判断，骡子驮东西的能力是他的两倍。不过，走了一段路之后，赶他们的人看驴子难以为继，就把他驮的东西分出一些，放到了骡子背上；又走了一段路，见他还是精疲力竭的样子，又为他减负；到了最后，所有的东西都转到骡子背上。这时，骡子扫了驴子一眼，说道："好啦，朋友，现在我吃的比你多一倍，你认为公平吗？"

做判断光看出发时不行，还要看到达终点的情形。

108 驴子和马

驴子向马提出请求，希望马省下一点点食料给他。马说："行，只要我现在吃的东西有剩下的，为了我的体面和尊荣，我都会给你。等晚上我回到马厩，如果你愿来，我可以给你一小袋大麦。"驴子答道："谢谢你了。现在你连一点点都不肯给，那么过了一会儿，我想你也未必肯给我什么大好处。"

109 驴子和买主

有人想买驴子，同驴子主人商定，买下前要试一试。他把驴子带回家，同其他驴子一起放在垫有褥草的围栏里，只见那驴子立刻离开其他驴子，去同最好吃懒做的驴子待在一块。那人随即给他戴上笼头，把他牵回他主人那里。那主人问他，怎么这么快就试出驴子好坏来了。他答道："我不用真的试，只要看他在所有驴子里挑哪一头做伴，就知道他同那头是一路的。"

看他交的朋友，便知他的为人。

110 驴子和青蛙

驴子驮着木料，涉过水潭时偶一失足，打了个趔趄，便倒在水里。由于驮着东西，他没法站起来，就大哭大叫。有几只青蛙是这里的老住户，他们听到驴子哭叫，对他说道："你不过是跌倒在水里，就这么大惊小怪。要是像我们一样，得长年累月住在这里，那你怎么办？"

人们承受小小痛苦的时候，反不如承受大灾难时勇敢。

111　驴子和他的影子

有个人要去远处，雇了驴子代步。那天热得厉害，阳光火辣辣的，那人停下休息，想待在驴子的影子里避避热气。但驴子只能为一个人遮掉阳光，雇驴子的人同驴子主人都要享用这片阴影，就激烈争执起来，都坚持自己的这一权利。驴子主人坚持说，他出租的只是驴子，驴子的影子没出租。雇驴子的人则咬定，他既雇了驴子，驴子的影子自然归他。这场争论由文吵变成武斗，结果，驴子乘两人扭打之机，飞奔而去。

在为空虚的影子争斗时，我们常失去实有的东西。

112　驴子和战马

驴子向战马道贺，说他食料充足，又受到精心照料；而自己几乎食不果腹，还要干重活。但战争爆发了，披坚执锐的战士重重压在马背上，骑着他冲锋，冲进敌人的重围。马受了伤，倒毙在沙场上。驴子看到发生的一切，改变了想法，转而对马表示怜悯。

113　驴子和主人

勤恳的驴子被主人役使了很久。严苛的主人给他吃得少，每天却要他超负荷劳动。有一天，这上年纪的驴子驮着大量陶器，陶器比平时更重。他气力不济，又加路面坑坑洼洼，终于一个趔趄不幸倒地，把全部陶器都打碎了。主人勃然大怒，狠狠抽打他。可怜的驴子起不来，只能抬起头对主人强烈抗议："你这冷酷的坏蛋！先是克扣我食粮，接着又让重活压得我喘不过气，我受尽了苦。你这次倒了霉，要怪你自己的贪婪和残酷！"

残酷者总指责虐待对象，说他们是活该受到虐待。

114 驴子、狐狸和狮子

驴子和狐狸建立合作关系，订好攻守同盟后，去林中觅食。他们走了没多少路就碰上狮子。狐狸一见大难临头，便上前讨好狮子，保证设法为他把驴子抓住，只要狮子立下誓言，答应不伤害他狐狸的性命。狮子保证决不加害他。于是，狐狸领驴子向很深的陷阱走去，让他跌了进去。狮子一看，驴子已跑不掉了，立即抓住狐狸，然后不慌不忙去进攻驴子。

即使在敌人眼中，叛徒也不受尊重。

115 驴子们求告朱庇特

有一回，驴子们感到受不了主人的凶狠和负担的沉重，就派使者去见朱庇特，请求改善处境。朱庇特觉得要求不合理，回答他们说：要维持人类的社会，总得有这样或那样的负担。而如果他们一起撒尿，尿成一条河，那么现在陆上驮运的就可水运，他们也就能免除劳累了。听朱庇特这么一说，驴子们当即全撒起尿来，而且这习性保持到如今。所以，只要有一头驴子撒尿，其他驴子就会一起撒。

最蠢也蠢不过求老天。

116 驴子随狮子打猎

狮子一时喜欢，要驴子一同去打猎，派他进了树林，吩咐他进去后要尽力嗷嗷乱叫。狮子说："这一来，你就会惊动林中所有动物，而我守在这里，朝我这里逃的全可抓住。"果然，驴子的叫声使众兽大为惊骇，而狮子忙于杀戮，最后杀累了，就把驴子叫出林子。驴子得意扬扬地问狮子："我干得不错吧？"狮子说："棒极了。要不是知道你只是驴子，我也会吓坏的。"

爱说大话的人都怯于厮打。

117　驴子、无尾猿和鼹鼠

有一天，驴子和无尾猿一起发牢骚。驴子说："我耳朵太长，人家都笑话我；我倒情愿有公牛那样的角。"无尾猿说："我真不好意思背朝人家。为什么我不能像那调皮的狐狸，有条毛茸茸的漂亮尾巴！"听到他俩说话的鼹鼠开了口："你们两个都给我闭嘴，要为你们的现状而感恩！我们可怜的鼹鼠啥也没有，连眼睛也几乎没有呢。"

别在处境不如我们的人面前诉苦。

118　蒙上狮子皮的驴子

驴子蒙上狮子皮，在树林里东游西逛，看到所有傻乎乎的动物见他就逃，觉得这是很好的消遣。最后，他碰见狐狸，也想吓唬他，但狐狸一听他嗓音，便大声说道："要不是我听见你那叫声，倒是有可能被你吓坏的。"

人，不全靠衣装。

119　驮偶像的驴子

驴子驮着有名的木制偶像，在城里走街串巷，因为人们要把这偶像安置在神庙里。路人见他走过，便在偶像前匍匐在地。驴子以为人们是敬重他，在朝他叩拜，骄傲得连毛都竖立起来。这时他神气活现，不肯再走一步。赶驴的人见他停着不走，扬起鞭子用力抽了他几下，说："你这任性的蠢驴！人还没有落到拜你这驴子的地步呢。"

攫取他人荣誉，绝非智者所为。

120　骆驼

人第一次看到骆驼，见他身躯高大，吓得连忙逃走。过了一段时间，看他性情温驯，人便鼓起了勇气，同他接近起来。不久之后，觉察到这动物没有脾气，人就毫无顾忌地把嚼子放进他嘴里，把他交给孩子去赶了。

习惯了，也就不怕了。

121 骆驼、大象和无尾猿

动物们聚在一起，商议着选谁来做王。骆驼和大象凭着体形魁梧和力大无穷，都自我标榜一番，争着在动物中为自己拉选票，希望当选。但无尾猿宣称他俩都不宜登此大位，说道："因为，骆驼面对作奸犯科的恶棍从不发火，而大象却害怕猪崽，居然见了就逃，所以都不可能保护我们臣民。"

通向要职的道路，有时被小事所堵。

122 骆驼和阿拉伯人

赶骆驼的阿拉伯人把东西都让骆驼驮上后，问骆驼喜欢走上坡路还是下坡路。这可怜牲口的回答倒也不无道理："你为什么问我这话？难道穿过沙漠的平路不通了？"

123 骆驼和朱庇特

骆驼羡慕公牛头上的一对角，希望自己也这样体面。他来到朱庇特跟前，要求也给他一对角。朱庇特听后感到气恼，觉得骆驼身材高、力气大，却还不满足，有些贪得无厌，于是非但不给他角，反把他耳朵去掉了一块。

什么对自己最好，每个人未必知道。

124　吃大蓟的骡子

骡子驮着几种上好的食物走向田头。主人和收割麦子的人都在那里干活。他送东西去给人和牲口充饥，却看到路边有一株茁壮的大蓟，便停下来吃，心想："很多人会奇怪，我背上驮着好吃的东西，竟然有胃口吃人家瞧不上的大蓟。不过对我来说，比起世界上其他任何东西，这又苦又有刺的野草滋味更可口。让人家去选他们喜欢的，给我这样一株汁水多的上好大蓟，我就满足了。这真叫各有各的口味。老天安排得很聪明：这人拒绝的东西却是那人的选择。有位智者说：野草就是还没被发现用途的植物。"

同样一种东西，你吃了长肉，他吃了是毒药。

125　两匹骡子和土匪

两匹骡子驮着重负费力走着。一匹骡子的驮篮里装满钱币，另一匹骡子驮着粮袋。驮钱财的骡子走路时昂着脑袋，似乎意识到所负的重任，把颈子上系的铃铛上下摇晃，发出清脆声响。他的伙伴则安安静静跟在后面，走得不慌不忙。突然，土匪从埋伏的地方冲向他们，同他俩的主人混战起来，刺伤了驮钱币的骡子。土匪狠命抢钱，对粮食不屑一顾。遭到抢又受伤的骡子哀叹自己的不幸。另一匹骡子说："人家看不上我，这倒使我高兴，我既无损失，也没受伤。"

别为身上带几个钱沾沾自喜。

126　骡子

骡子闲着无事又吃得太饱，为了作乐，就撒腿狂奔乱跑一阵，自言自语道："我老子准是意气风发的好马，我在速度上和勇气上完全是他的嫡传。"第二天，他被驱赶着走了好长的路，感到疲劳不堪，唉声叹气道："昨天我一定弄错了，说到底，我老子只可能是驴子。"

别依靠先辈。

127　马和肥阉猪

肥阉猪懒懒地躺在阳光下，看到一匹上前线的战马走来。战马全身披挂，神气地踏地而行，似乎迫不及待要向敌人冲锋。肥阉猪稍稍把头抬起，对战马咕哝道："你真傻，竟然还急于冲向死亡！"战马答道："你的话对于没出息的动物来说很合适，他只是等养胖了被一刀宰了。而如果我死在战场上，那是我的天职所在，我的美名将留在人家记忆里。"

一样是死，重要的是怎么死。

128　马和公鹿

马独占着一片土地，可是公鹿闯入他领地，在他牧场上吃草。马要报复这入侵者，向人提出要求，问愿不愿意帮他惩罚公鹿。人回答道，只要马同意嘴里放个嚼子，让他骑在背上，他就会造出有效的武器去对付鹿。马接受了这条件，让人骑上。从那一刻起，他发现，为了报复公鹿，他让自己受到人的奴役。

你若不压制怒气，怒气就会压制你。

129　马和驴子

马的身上装饰华丽，他非常自鸣得意。他在大路上遇见驴子，见驴子驮着很重的东西，慢吞吞给他让路，就说道："我真是恨不得踢你一脚。"驴子没出声，只是心中暗暗向众神求告，要他们主持公道。过了不久，马得了肺气肿，被主人打发去农场干活。驴子见他拉着粪

车，讥笑他说："你这自以为了不起的家伙，你那些漂亮马饰哪里去了？不久前，你还瞧不起这种差使，现在自己不也落到这地步？"

骄者必败。

130 马和马夫

马夫常整天为马梳刷和擦拭，同时却偷走喂马的燕麦，把卖掉后得来的钱归了自己。马对他说："你呀，要是真希望我身强力壮、模样好看，就应该少给我擦洗梳毛，多给我喂料。"

诚实是上策。

131 马和骑兵

骑兵对战马爱护备至。战火连绵时，他把马看作共患难的战友和帮手，细心喂他干草和谷物。战事结束后，他只给马吃糠，还要他驮很重的木料，做很多苦工贱活，使他饱受虐待。然而战事又起，军号声召唤战士归队。于是，骑兵给战马恢复战时装束，自己也穿上厚重铠甲骑上马背，但马顿时垮了下来，因为已驮不起这重量。他对主人说："你现在只能走着去打仗，因为你已把我从马变成了驴子，转眼间，哪能指望我从驴子再变成马？"

从差到好难于从好到差。

132 马和骑手

有个年轻人自以为算得上骑师，跨上一匹未经调教的马。这马极难操控，一感到鞍上有重量就狂奔，怎么也止不住。年轻人的朋友见他一路冲来，大喊道："你这么匆匆忙忙去哪里？"他指指马回答说："我不知道，得问他。"

133 马和狮子

狮子看见胖墩墩的马，很想吃他，却不知怎样能使对方听自己摆布。后来他决定冒充医生，说曾周游列国，见多识广，包治百兽容易患上的百病。他希望这鬼话便于他混进牲口队伍，然后找机会实施计划。马看穿他的用心，决定教训他，于是将计就计，装得没半点疑心，请狮子给他提治疗意见，因为他脚上扎了一根刺，疼痛难忍，走路一瘸一拐的。狮子马上同意，但先要看看那只脚。马踮起一条腿来，待狮子装模作样地细看，猛地一脚踢在他脸上，踢得他昏死过去，瘫倒在地。狮子本想要花招要马性命，现在马用计挫败狮子的图谋，不禁高兴得大笑，嘶鸣着一路小跑而去。

以诡计对付奸计，有时未必不可以。

134 马群委员会

一匹马驹年少气盛，对马类的命运感到不满，就向马群委员会大声陈诉："我们这种族多怯懦可鄙！难道就因为先辈愿接受缰绳，我们就注定受到奴役？人类剥削我们的劳力难道有道理？我们被创造出来，难道就为了迎合他们的需要？不是为他们拉着犁在挽具下流汗，就是被他们堆在我们背上的重负压得直哼哼！要拒绝缰绳！要踢开马刺！让我们像狮子老虎一样，要提出我们自由独立的权利！"聚集的马群中响起赞同的马嘶声，也响起马掌拍地的鼓掌声。但这些声响安静了下来，因为有匹经历丰富的老骏马做了如下发言："我年轻力壮身体好的时候，同你们一样劳动。如今我主人为报答我从前的辛苦，让我自由自在东游西荡，在我耕过的地里随便享用那里的出产。没错，人指望我们为其事业付出辛苦，但在我们一年四季的劳动中，难道他不也为我们操心？在严酷的天气里，难道他没给我们遮风避雨的马厩，让我们有干干的草料？而到了丰收的时候，难道他不让我们分享？天意就是一切生灵该相互帮助，既然如此，那我们该不该满足于自己的命运？"先前，那马驹的愤懑之言让很多马激动，现在，听了长者饱含智慧的话，都表示同意，于是一场骚动就这样平息了。

谁明白自己在生活中的位置，谁就最满足。

135 战马和磨坊主

战马感到自己年老体弱，便不去战场，去了磨坊。既然不在战斗中效力，他就得拉磨。他为自己命运的转折而哀叹，并回想从前的光景，说道："磨坊主啊！我以前固然得参加战斗，但总有人跟在身边照料，为我从头到尾梳刷修剪。如今，我真不知自己出了什么毛病，竟抛下战场，进了磨坊。"磨坊主对他说道："别老是念叨陈年旧事了，因为只要是有生有死，就得承受荣枯兴衰的命运。"

136 公牛和牛犊

为了通过狭窄的通道回牛棚，公牛使出浑身力气朝前挤。小牛犊走上前来，自告奋勇要给他带路，说自己有办法通过。公牛说："你还是省点力气吧；在你出世之前，我就认得这条路了。"

137 公牛和山羊

公牛在狮子前奔逃，蹿进了山洞。这山洞里，不久前有几个牧羊人待过，留下一只公山羊。这羊竟用角向牛猛然攻击。公牛平静地对他说："你尽管用角顶撞我，我一点也不怕你。我怕的是狮子，等可怕的狮子跑过，我会让你知道公牛和山羊的力量对比。"

乘朋友危难去占他便宜，显示出这人的邪恶卑鄙。

138 公牛、母狮和打野猪的猎手

公牛看到幼狮在睡觉，便用角把他挑死了。母狮回来后，为幼狮的死哭得死去活来。打野猪的猎手见她难过，便站得远远地对她说：“想想吧，你自己弄死过多少孩子，人家的父母同样有理由为孩子的死痛哭。”

139 牛和车轴

一组牛拉着沉甸甸的货车，沿乡间小路走着。车轴吱吱嘎嘎响得厉害。牛们回头对车轮说道：“喂！你们干吗这么乱哼乱叫？重活是我们在干，要叫唤也轮不到你们，应该是我们。”

吃大苦，受大罪，反倒常常闭着嘴。

140 牛和青蛙

牛在水塘边喝水，踩到一窝小青蛙，把其中一只踩死了。母蛙回来后发现少个儿子，便问其他小蛙，他们的兄弟怎么了。“亲爱的妈妈，他死了；刚才有四脚巨兽来到塘边，他那分趾蹄把我们兄弟踩死了。”母蛙鼓起肚皮问：“那四脚兽有这样大吗？”一个儿子劝道：“妈妈，别鼓起肚皮了，你别生气，我可以保证，你还没学像那巨兽，肚皮就会胀爆。”

追求非分的伟大，只能毁掉了自己。

141 牛群和屠夫

有一回，群牛想杀尽屠夫，因为屠夫的职业是灭牛群的种。在准备起事那天，他们聚集在一起，磨尖了牛角，只等投入战斗。他们中有头耕过不少地的老牛这样说道："话虽不错，屠夫对我们大加杀戮，但他们干这事手法熟练，使我们免受不必要的痛苦。要是我们把他们消灭了，我们就会落进手法生疏的人手中，死的时候就受双份的罪。因为你们得记住一点：哪怕屠夫死绝了，人还是要吃牛肉的。"

别急于用一种祸害代替另一种。

142 小牛和大牛

大牛套着犁，辛辛苦苦拉着。小牛见了，说他被迫干活，命运很悲惨。这说法使大牛颇为苦恼。不久，到了收获季节，颗粒归仓后，主人为大牛卸下轭，却将小牛牵去祭坛，用绳子捆起来，准备杀掉以庆祝丰收节。大牛看了这情况，微笑着对小牛说道："正是为了这个，当初才让你无所事事地过日子，因为你很快会被用作祭品。"

少不更事乃常情。

143 盲羊

有只羊很不幸，去世前好几年就失明了。猫头鹰要为其治疗，自称是鹰王御用的眼科医生。到了动手术那个上午，羊在椅子上坐好后问医生，治疗所需的一切是不是都准备妥当了。医生回答说："是的，手术用具和膏药都已备好，什么也不缺。"羊说："我渴望恢复视力，是因为这能给我快乐，但你提到的这些东西并不能给我快乐。你告诉我，世界怎么样？"猫头鹰说："咦，不就跟你失明前一样？"羊说："既然这么讲，那么就请住手，别做手术了。哪怕只要一根草的代价，我也不愿恢复了视力而再受罪了。因为世上所有无辜生灵眼前出现的，无非又是令人深恶痛绝的穷凶极恶。"

144 绵羊和刺藤

绵羊遇上大风暴，躲进了灌木丛，那里舒适温暖，他躺着躺着很快就睡着了。后来云开风息，他想回到牧场去。哎呀，瞧他那情况：一根刺藤牢牢攀住他毛皮，似乎要扒下一片，作为灌木丛提供保护而收的罚金。

145 两只山羊

两只山羊从相反方向同时上桥，这桥又窄又简陋，只能让一只羊通过。两只羊在桥中央相遇，但各不相让。他们角顶着角，斗了起来，就为了自己先过桥。结果双方都跌进下面的激流，淹死了。

146 母山羊的胡须

母山羊的要求得到朱庇特恩准，就此有了胡须。公山羊极为不满，大发牢骚，说是连雌货也同他们一样神气了。朱庇特说："只要她们在力量上和勇气上比不过你们，你们就容忍一下，让她们戴上你们的标志，从虚荣中得些乐趣。"

147 山羊和驴子

有人养着一只山羊和一头驴子。山羊眼看驴子的饲料比他丰富得多，很是妒忌，便对驴子说："你受到的待遇太不像话了，有时让你在磨坊里拉磨，有时又让你驮很重的东西。"接着，他进一步给驴子出点子，要他假装羊痫风发作，跌到沟里去，就可歇病假。驴子信了他的话，跌进了沟里，身上多处受伤。主人请来医生，问怎么处理才好。医生吩咐用山羊的肺敷在驴子的伤处。于是人们立刻杀了山羊，治好了驴子。

148 山羊和牧羊人

山羊离群走去，牧羊人想把他叫回来，先是吹口哨，接着吹号角，都不奏效，因为离群出走的羊根本不听他召唤。最后，牧羊人扔去石头，不料砸断了羊角，只得求他别告诉主人。山羊回答道："唉，你这笨蛋，就算我保持沉默，角本身也能说明问题。"

无可隐瞒的事，就别设法隐瞒。

149 小羊和狼

小羊站在房顶上，觉得颇为安全，见狼走过，就把他奚落和辱骂一通。狼抬头看了看，说道："小鬼，我听见你的话了。但是向我挑衅的并不是你，而是你所站的屋顶。"

时机和地位，常使弱者占了强者的上风。

150 小羊和狼

小羊独自从牧场回去，被狼追赶。小羊回头对狼说："狼朋友，我知道我得被你吃掉；但在死去前，我想请你开恩，为我吹奏一段曲子，让我按着曲子跳舞。"狼同意这请求，吹起了排箫，于是小羊跳起了舞。几条猎狗闻声而来，见狼就追。狼转身对小羊说："我真是自作自受，因为我只是杀手，本不该为让你高兴而吹奏乐器。"

151 小羊与狼

小羊被狼追赶，逃到神庙里藏身。狼对他喊话："要是祭司捉住你，会把你杀了祭神。”小羊回答道：“对我来说，在神庙里成为祭品，比被你吃掉要好。”

宁为正事牺牲，不为坏事送命。

152 小羊与狼

一群羊在牧场上吃草，牧羊犬在睡觉，牧羊人在远处大榆树下吹着笛子。小羊毫无经验，看到围栏外有只狼朝里张望，就说：“请问你在这里找什么？”饿得要命的狼回答说：“我在找嫩草；要知道，吃鲜嫩的牧草充饥，饮晶莹的溪水解渴，这是再惬意不过的，而我看到你在这里就有这两种享受。你好幸福，我真羡慕你这种好运，你所享有的就是我最巴望的，因为哲理一直教导我，要满足于少量的清淡食物。”小羊说：“这么说来，讲你吃肉的是冤枉你了，因为一点青草就能让你满足。如果真是这样，我俩能一起吃草，兄弟般相处。”头脑简单的小羊说着，就从围栏的板条间钻了出去，随即被假装的素食者吃掉，做了幼稚轻信的牺牲品。

经验是非常昂贵的学校，但傻瓜只能在那里受教。

153 羊群和狗

有一天羊群对牧羊人发牢骚，说是他们毛被剪掉，小羊被杀了吃掉，但自己没得到什么回报，只不过吃吃地上青草，而青草自己会长出来，不用人费力气。再看养的狗，他既不产毛，又不用来吃，牧羊人却对他爱护有加，让他吃得同主人一样好。狗正好听到这番话，就对他们说：“只会咩咩叫的呆子，安静一点吧。要不是我照看你们，防备着狼和偷羊贼，管它是青草或什么别的，对你们还有啥用？”

各司其职。

154　肥猪、绵羊和山羊

小肥猪被关在畜栏里，同他一起的还有一只绵羊和一只山羊。有一次，牧羊人捉住小肥猪，他拼命挣扎，又是哼哼，又是尖叫。绵羊和山羊啧有烦言，嫌他的叫声使他们心烦意乱。他们说："他也常常捉我们，但我们并不大声嚷嚷。"听了这话，小肥猪答道："捉你们和捉我是大不相同的两回事。捉你们，只是要你们的毛和奶；而捉我呀，是要我这条命。"

155　母猪与狗对骂

母猪与狗对骂，越骂越凶。母猪凭维纳斯之名发誓，要把狗撕碎。狗反唇相讥说："你以维纳斯之名发誓倒很不错。很明显，她对你一片痴情，任何人吃了你的脏肉，她就决不让进她的神庙。"母猪说："这倒更证明她对我的宠爱，因为这表明，谁有杀我或虐待我之举，她就彻底拒之门外。你臭味难闻，特别是活着的时候，比死了还臭。"

任对方如何羞辱和毁谤，能言善辩者可化为赞扬。

156　母猪与狼

有一天，母猪在猪圈里，身边是她那窝小猪崽。狼一心想吃小肥猪，却不知怎么可以弄到，就力图讨好那母亲。他巴结地说："母猪太太，你觉得今天身体怎样？呼吸点新鲜空气管保对你有好处。现在你出来透透气，在你回家前，我很乐意照看你的孩子。"母猪回答说："谢谢你的提议，我很清楚你会怎样照看我的孩子。不过，你若是真想为我们做好事，而不是装模作样，那就不要再让我看见你的脸。"

外人的效劳，可别轻易要。

四　节肢类、两栖类和爬行类

157　龙虾母女

龙虾烧熟后，壳被丢在海滩上，很快被龙虾同胞看见。这小家伙很无知，虚荣心倒很强，看见后高兴又羡慕，对身旁的母亲说："这是我们家族的一员，你瞧多美，鲜红鲜红的，这么漂亮富丽的色彩，完全比得上珊瑚！我要不断努力，直到变得这么美，那时不再是现在这副邋遢相，我才会改变对自己的看法。"母亲回答说："虚荣的小家伙！要知道，你这么急急巴望的这种华美，比华而不实都不如，只有死了才变这颜色。"要从这可怖先例中汲取教训：学会谦逊和满足，在默默无闻中寻求安全。

华美的羽毛并非财富和幸福的标志。

158　蚕与蜘蛛

这天，蚕织着自己的茧，邻居蜘蛛织着网，她织得很快，所以俯瞰慢慢织着的蚕，颇为不屑，尽管那活计很美。她朝蚕喊道："夫人，我的网怎么样？你瞧，这网多大！我今天早上才开始织，现在已完成一半。眼见为实，你不得不承认我干得确实比你快多了。"蚕说："你是快，但你一开始就没安好心，织这个罗网就为了陷害无辜，而且人家一看见就讨厌，马上就要扫掉。而我织的东西人家小心保存，到时候还能为王公贵人增添光彩。"说着，蚕又吐出丝来，更仔细地织她美丽的茧。

量多不如质优。

159　车轮上的苍蝇

车轮上的苍蝇说："我扬起多大一片尘土！"同样是这只苍蝇，它在马屁股上的时候又说："我以什么速度在奔驰啊！"

160　苍蝇

陶罐里满是煮熟的肉。苍蝇不小心掉进肉汤里，快要淹死的时候，自我安慰道："我吃也吃了，喝也喝了，澡也洗了。死就死，我不在乎。"

如果不带来痛苦，死就没什么可怖的。

161　苍蝇和蜂蜜

主妇屋里的蜂蜜罐打翻了。许多苍蝇受香味吸引，歇在蜂蜜上贪婪地吃起来。但他们的脚全粘在蜂蜜上，任怎么振翅也没法脱身，终于闷死在蜂蜜里。就在快断气的时候，他们叹道："唉，我们真是些蠢东西，为了小小一点快乐，竟毁掉了自己。"

以痛苦为代价的快乐，必造成伤害。

162　苍蝇与飞蛾

一天傍晚，苍蝇停在蜂蜜罐上，觉得蜂蜜非常可口，就沿着罐口吃起来。可是没多久，他渐渐爬离罐口，进入罐子，等他察觉时，已被粘住。他的腿和翅膀都沾满蜂蜜，不听使唤了。这时飞蛾掠过，见他在挣扎，便说："你这笨苍蝇！落到这下场，不就是因为太贪心？对你来说，胃口也太大了。"可怜的苍蝇无话可答。飞蛾讲得没错。天很快黑下来，苍蝇看到飞蛾绕着点燃的蜡烛急速乱飞，而且离火越来越近，最后飞进火中，烧了起来。“怎么！”苍蝇说，“你不也同样笨？你指责我，说我太爱蜂蜜；但你的全部智慧也没阻止你玩火。”

有时，发现自己蠢不如看出人家笨容易。

163 蝈蝈和猫头鹰

猫头鹰习惯于夜里觅食，白天睡觉，但蝈蝈的叫声吵得厉害。猫头鹰没法入眠，便恳求蝈蝈别叫。蝈蝈不但拒绝自我克制，而且猫头鹰越是求她，她就叫得越响。猫头鹰眼看没法改变这情况，对方根本就把她的话当耳边风，于是想了个计策对付这絮聒不休的家伙。她说道：“说实话，你这歌声美得像天帝弹奏诗琴，听得我睡不着。既然如此，反正帕拉斯[①]最近送了我众神饮用的琼浆玉液，我要痛饮一场。如果你不嫌弃这仙酒，就上我这里来，我们一起喝。”蝈蝈顿时感到口渴，同时，听对方说她歌声美妙，心里得意，就急忙飞了上去。猫头鹰从洞里出来，一把抓住，要了她的命。

奉承话比威吓有用。

164 黄蜂和蛇

黄蜂歇在蛇的头上，不断叮他，使他受了致命伤。蛇痛苦不堪，却不知如何摆脱这敌人，也没法把他吓跑。这时，看到满载木料的大车过来，便凑上去，把头伸到车轮下说：“我要和敌人同归于尽。”

---

① 帕拉斯是希腊神话中的人物，即智慧女神雅典娜。她因无意中杀死特里同的女儿帕拉斯，为了纪念对方，便自称帕拉斯·雅典娜。

165　黄蜂、山鹑和农夫

大群的黄蜂和山鹑口渴难熬，来到农夫跟前，要求给他们水喝。他们答应，只要帮这个忙，他们一定好好报答。山鹑宣布说，他们将在葡萄树周围松土，使葡萄树结出更好的果实。黄蜂说，他们会给他放哨，用螫针赶跑小偷。农夫打断他们的话，说道："我有两头牛，他们没做任何许诺，已经在做这些事了。对我来说，把水给他们喝，肯定比给你们喝要好。"

166　蚂蚁

蚂蚁一度也是人，本以耕作为生，但并不满足于自己的收获，贪婪的目光总看着邻人的作物和收获，有机会就偷来，增加自己的储备。最后，朱庇特被这丑行激怒，把他们变成了蚂蚁。然而，尽管外形大变，他们的习性却依旧，所以直到今天，他们还是在粮田里活动，收集人家的劳动成果，储存起来留作己用。

惩罚小偷容易，要改贼性困难。

167　蚂蚁和苍蝇

有一天，蚂蚁和苍蝇发生争论。苍蝇说："你这卑微的小爬虫！哪能跟我比？我像鸟雀凭翅膀飞翔。我能飞进王宫，停在王子王孙头上，甚至停在皇帝头上，除非见了美人额头才飞走。我还飞到供奉众神的祭坛上，所有上供的东西我先尝。我可以参加每场宴席，吃的喝的都是最好的东西，不像你们，凭两三颗谷粒就能活几天。"蚂蚁答道："你说的好倒是好，不过听我说吧。你吹嘘自己饱尝美味，但你也知道，你吃的不总是珍馐佳肴，有时候我碰都不愿碰的东西，你还不得不吃。至于说停在帝王头上，那你也明白，不管你选的是皇帝的头，还是机会一样多的驴子头，人家都讨厌，都把你赶掉。再说祭坛吧，说真的，在那里也像在别处，你总是遭人嫌。到了冬天，当我舒坦地享用自己的劳动果实，却常看见你的同类冻馁而死。跟你说话浪费时间——闲聊可不能让我的粮仓或食品柜充实。”

挣来的面包最可口。

168 蚂蚁和鸽子

蚂蚁去河边饮水解渴，不慎被水流冲走，眼看要遭灭顶之灾。鸽子栖在树上，正在河水上方，便啄下一片树叶，让它飘落在蚂蚁身边的水面上。蚂蚁爬上树叶，安然漂到岸边。过了一会儿，有个捕鸟人来到树下，把涂有粘鸟胶的树枝朝树上的鸽子伸去。蚂蚁看出他意图，便在他脚上叮了一口。这人手里的捕鸟工具顿时掉落在地上，而鸽子就乘机飞走了。

有感恩之心，总能有报恩机会。

169 蚂蚁和蝈蝈

冬天里，蚂蚁们挑了个晴朗日子，翻晒夏季搜集的谷粒。饿得半死的蝈蝈经过那里，苦苦乞讨，想要吃点东西。蚂蚁们问他：“夏天里，你为什么不储存粮食呢？”他答道：“那时我天天唱歌度日，不大有空。”蚂蚁们听了这话，就挖苦道：“既然你这么蠢，会在整个夏季里唱歌，那么到了冬天，就得空肚子跳着舞上床。”

今天要为今后做准备。

170 蚂蚁与茧子

蚂蚁灵活奔忙，在阳光下寻找食物，遇到快要被钻破的茧子。茧子里的蛹动了动尾部，吸引了蚂蚁的视线。他由此知道茧子里有生

命，但颇感不屑地对它说："你真是命苦！我能随自己喜欢东跑西跑，而且只要我乐意，就可以登上最高的树；你却不得不关在自己的壳里，最多只能动动一节一节的尾部。"茧子听了这话，懒得回答。几天后，蚂蚁又经过那里，只有那破茧还在。他正想着里面那东西究竟怎么了，忽地感到有东西遮了他还扇着他，原来是一只漂亮蝴蝶的华丽翅膀。蝴蝶对他说："看看吧，我就是你觉得很可怜的朋友！只要你能让我听见，你就吹嘘奔走和爬树的本事吧。"说着，蝴蝶飞升至空中，乘着夏日微风，很快就在蚂蚁的视线中永远消失了。

事情会发展，别过早判断。

171　蜜蜂和养蜂人

小偷乘养蜂人不在，进养蜂场盗窃。养蜂人不久后回来，见蜜被偷，蜂箱被弄得乱七八糟，大为懊恼。他正忙忙碌碌整理和安排蜂箱，蜜蜂从田野里采蜜归来，找不到原来的蜂房，都气势汹汹地朝他们的主人拥来。养蜂人骂道："忘恩负义的蠢东西！陌生人抢了你们东西，毫发无损地逃走了；我是你们最好的朋友，你们却对我发动攻击。"

误把友人当敌人，这种事情不少见。

172　蜜蜂和蜘蛛

有一次，蜜蜂和蜘蛛发生激烈争论，争谁更有本领。蜘蛛强调她精于数学，善于用线条、角度、方块、圆弧构成图形，声称她在这方面比大家好一倍也不止；她说她每天织的网就是样品，宇宙间没其他生物能学得像，而且网的材料全出自她本身，是内脏的产物；而与此相对照，蜜蜂自夸的蜜都偷自田野上的花草，甚至偷自荒草杂草。蜜蜂回答说，从最差的荒草杂草中提取蜜，她希望这本领至少被认为是长处；再说，从田野花草中取蜜光明正大，自己这技术很精湛，没让花香受什么损失。至于蜘蛛自吹自擂的善于用线条、角度构图，她相信这种本领肯定该归在自己账上，因为只有她能把住所造得那么规整，那么中规中矩；更别说她的蜜如此香甜，她的蜂蜡用途广泛。她说，怀有她这样的本事，绝不怕同蜘蛛一比高下，这不仅因为蜘蛛网轻飘易破，更因为任何技艺的价值主要以用途来衡量。

创造发明和知识渊博能得到多少尊重，就要看对幸福生活能有多大作用。

173　蜜蜂和朱庇特

伊米托斯山[①]的蜂群里有只蜂王，她飞上奥林匹斯山[②]，献了一些新酿的蜜给朱庇特。朱庇特高兴地收下礼物，答应让蜂王提个要求，他一定有求必应。于是蜂王说："我求你给我一根螯针，这样，如果有人敢来取我的蜜，我可以蜇死他。"朱庇特很不高兴，因为他爱人类；然而他做出了承诺，不能拒绝。于是他答道："你可以得到要求的东西，但是这与你也性命攸关。因为你用了螯针，刺就留在你造成的伤口里，而你没有了它也会死。"

想害人，反而害自己；就像鸡，总回窠里栖。

174　蜜蜂与布谷鸟

蜜蜂飞出蜂巢，听见布谷鸟在近旁矮树林里唱，就上前说道："闭嘴吧，干吗老唱得这么单调？没有鸟雀像你这样一成不变，一遍又一遍'咕咕'，'咕咕'，'咕咕'，我都听腻了。"布谷鸟喊了起来："哦，是你来挑我毛病，真是怪了。要说变化，我唱的歌同你干的活不也一样？你造一百个蜂房，造得个个相同，显然开天辟地时就那

---

① 伊米托斯山在雅典东面，最高点海拔为 1026 米。自古以来，这里就有养蜂业。

② 奥林匹斯山是希腊的最高峰（2917 米），亦称"奥林波斯山"，山顶终年积雪，云雾笼罩，很久以来被认为是众神的住处。

样。这同我不翻新调并无二致。”蜜蜂说：“这点我承认，因为实用技艺并不反对缺少变化。但作品涉及趣味和消遣，那么最重要的就是避免单调。”

没有能力却要评论艺术和趣味，就是把自己暴露于被耻笑的地位。

175 蜜蜂与飞虫

蜜蜂看到飞虫在蜂房附近来来去去，就怒冲冲地问对方在这里干什么。她说：“你这样的家伙，难道想闯进空中女王的圈子？”飞虫答道：“你倒真有理由不高兴。你们这帮子都这么爱争爱斗，我确信，谁想同你们发生关系准是疯了。”蜜蜂勃然大怒说：“我倒要问问，为什么？我们有世界上最好的政策指导，有最好的法律。我们以最芬芳的花朵为食，我们所做的工作就是酿蜜，这相当于琼浆玉液！你们是谈不上口味的低贱家伙，只以脏东西为生。”飞虫回敬道：“我们能怎么活就怎么活。我希望，贫困不是罪过；不过我肯定，发火是罪过。我承认你们酿的蜜很甜，但你们心中充满恨。你们的火发得很蠢，为报复敌人居然自己不要命，结果敌人没死，自己倒死了。记住我这句话：才能不妨少一点，但用得要得当。”

控制良好的团体产生控制良好的个体。

176 工蜂、雄蜂和黄蜂

一群雄蜂进了蜂箱，见了蜂蜜和蜂房，就说那都属于他们，还想用武力把工蜂赶走，但遭到工蜂坚决抵抗。最后，雄蜂同意工蜂的提议，把争端交由黄蜂裁定。黄蜂佯装这桩公案很难判断，要双方在公堂上现场做蜂房和酿蜜，让他看看双方做出的东西，然后同有争议的蜂房和蜂蜜比较，看哪一方的东西接近。工蜂立刻干活，雄蜂却拒绝这种测试，于是黄蜂法官把蜂房和蜂蜜判给了工蜂。

看是怎样的果子，就知道是什么树。

177　牛虻和拉车的骡子

牛虻歇在两轮车的轮轴上，对拉车的骡子说："你怎么这样慢！为什么不快一点！瞧我不叮你的脖子才怪呢。"拉车的骡子答道："我才不理会你的恐吓呢；有个人坐在你上方，我只听他的。他要我快走，就用鞭子一抽；他要我停下，就把缰绳一拉。所以，你还是滚吧，别来神气活现的。什么时候该快，什么时候该慢，我知道得很清楚。"

178　跳蚤和牛

跳蚤问牛："你身躯庞大，又有力气，何苦忍受人对你的虐待，每天为他们做苦工？我虽然这么小，却无情地吃他们的肉，喝他们的血，想吃喝多少就吃喝多少。"牛回答说："我不想忘恩负义，因为人对我很爱护，常拍拍我的头和肩胛。"跳蚤说："哎哟！你喜欢人家拍拍你，但我只要这么一拍，肯定一命呜呼。"

179　跳蚤和人

有个人被跳蚤扰得心烦意乱，十分恼恨，最后终于捉住跳蚤，对他说："你算个什么东西，竟敢以我的血肉之躯为生，害得我忙乱好一阵才把你抓住？"跳蚤答道："我亲爱的先生，求你饶我一命！别把我捏死，我不可能对你造成大伤害。"那人哈哈笑道："现在，你肯定得死在我手里，因为只要是坏事，不管是大是小，都不该容忍。"

小恶与大坏，一样都有害。

180　跳蚤和摔跤手

跳蚤停在摔跤手的光脚上，叮了他一下，于是摔跤手大声向赫拉克勒斯[①]呼救。跳蚤第二次跳到他脚上，这时摔跤手哼哼唧唧说："赫拉克勒斯呀！要是你不帮我对付跳蚤，那我碰到强大的对手，怎么能指望你帮助呢？"

小事情上自己帮自己，大事情上命运会帮你。

181 蚊虫和蜜蜂

半死的蚊虫饥寒交迫，在霜冻的早晨来到蜂巢前乞讨，说如果能给吃住，他就在蜜蜂家教孩子们音乐。蜜蜂很客气地请求原谅，说道："我要培养孩子全都干我这一行，要他们自食其力；我确信我是对的，因为只消看看，你要教我孩子的音乐把你教成了什么。"

行业的价值，看多少得益。

182 蚊子和牛

蚊子在牛角上停下，歇了很长时间。快要飞走时，他发出嗡嗡声，问那牛是否舍得他离开。牛回答道："你来的时候，我一点不知道；你走了之后，我也不会想念你。"

有人自视甚高，但在他人眼中不过尔尔。

183 蚊子和狮子

蚊子飞来对狮子说："我一点也不怕你，你不比我强大。你强大在哪里？只会用爪子抓，用牙齿咬——女人厮打时也来这一套。重说一遍，我比你高强。要是你对这话有怀疑，我们就来斗一场，看看谁赢。"蚊子这么自吹自擂一番后，便叮着狮子不放，专叮他的鼻孔和

① 赫拉克勒斯是希腊神话中的著名英雄，力大无穷，死后成神。

脸上没毛的地方。狮子想拍死他，但脚爪都拍在自己脸上，把自己整治得好苦。就这样，蚊子战胜了狮子，嗡嗡唱一曲凯歌便飞走了。但过后不久，他撞进蜘蛛网，即将被蜘蛛吃掉。他为自己的命运伤心，说道："真是倒霉！我可以同最庞大的猛兽作战并赢得胜利，最后却败给蜘蛛，被这种无足轻重的昆虫杀死！"

胜利未必能持久。

184 爱妒忌的萤火虫

一只卑微的萤火虫歇在花园里，看到附近王宫里的大吊灯光辉灿烂，动了妒忌之心。过了不久，灯光不见了，王宫里一片黑暗。这时，他明智的友伴说："你瞧现在，那些光虽说一时间亮得耀眼，却很快趋向熄灭，而我们亮的时间比那长。"

时尚像流星，来去说不定。

185 知了与狐狸

知了在大树顶上唱歌，狐狸要吃她，想出了坏主意。他站定在知了下方，赞美她歌声动听，请她下来，说是要见识见识有着如此美妙歌喉的生灵。知了疑其有诈，咬下一片树叶让其飘落。狐狸以为是知了，扑了上去。知了对狐狸说："朋友，如果你以为我会下来，那就错了。我曾看到狐狸的排泄物里有知了翅膀，从那天起我就信不过狐狸。"

看到邻居的不幸，明智者会更聪明。

186 蜘蛛与蚕

蜘蛛在房间里忙碌着铺开大网，勤劳的蚕见了就问，花这么多时间和精力，做这些条条、框框、圈圈，为了什么？蜘蛛气呼呼回答说："你这无知的东西，别来打搅我；我这套本事要传给后代，我追求的目标是扬名。"他刚说完，女仆正好进房间喂蚕，见蜘蛛在忙乎，拿笤帚一撩就扫掉了他，也毁了他的活计和扬名的希望。

踏实工作总让自己或他人获益，只为名而操劳常面临劳而无功。

187 癞蛤蟆和蜉蝣

一些石工在锡西厄[①]的山中开采大理石，见到坚实的山岩中间有只巨大的癞蛤蟆，那非同一般的样子让他们大为惊愕，而越是把这事往深处想，他们就越感到奇怪。因为很难想象，卡在这么狭小的空间里，这东西怎么能存活，能吃到什么。而且更难解释的是：这地方其他癞蛤蟆根本到不了，怎么会生出和存在这么个东西？他们只能得出一个结论：他同养育他的岩石一起形成，同这山年龄相同。他们正冥思苦索，癞蛤蟆蹲在那里却不断膨胀，快被自大的傲气和神气胀爆，这时他开了出气口："在我这里，你们看到大洪水前的动物样本，我在那以前就存在了；现在冒出来的生物中，论出身高或资格老，谁敢同我比高下？"那天上午，从海帕尼斯河[②]跃出一只蜉蝣，正好在那里飞来飞去，见此情景很好奇，注意观察了全过程，说道："你就爱虚荣，爱说大话。难道因为你家世古老，因为你活得长久，就有本钱骄傲？你从祖先那里传得了什么优秀品质？你对人家一无用处，甚至在自己眼里也相貌猥琐，麻木不仁得就像养育了你的这种山岩。我虽出生于附近河水的浮沫，出生于阳光初现之时，到日落时就将死亡，但比起你为自己而骄傲，我这情况还更有理由欢呼呢。我享受了温暖的阳光，白天的光明，清新的空气；我从这棵树飞到那棵树，从这条小溪飞到那条小溪，从平原飞到山上；我养育了后代，将为以后的时代留下无数子孙；总之，我完成了我生存的一切目标，过

---

① 锡西厄为古代欧洲东南部以黑海北岸为中心的地区。

② 海帕尼斯河即库班河，是俄罗斯西南部河流，流进亚速海，在黑海东岸。

得很幸福。虽说我整个生命不过几个时辰，但我宁愿只过其中的一个时辰，也不愿像你这样，在慵懒怠惰和无知愚蠢中度过千年——仅仅活着而已。”

无所事事凭家世古老为生，远不如以勤劳换生活体面。

188　冒充医生的青蛙

有一回，住在沼泽地里的青蛙走出家门，通告所有野兽，说是他医道高明，精于用药，包治百病。有只狐狸问他：“你自己走路的姿势一瘸一拐，身上满是皱皮疙瘩，连这都治不好，怎么还自称能给人家开处方？”

有些治疗比病坏。

189　两只青蛙

两只青蛙住在同一个水塘里。在炎热的夏天，水塘干涸了，他们就离开水塘，另觅住处。他们一路过去，正巧经过很深的井，里面水量充沛。一只青蛙见此情形，便对另一只说：“我们就下这井里，以此为家吧，这里既能遮风蔽日，又能提供吃的。”另一只青蛙的回答比较谨慎，他说：“万一这里的水也干了，这么深的地方，我们怎么出来？”

做任何事情，得考虑后果。

190　两只青蛙

两只青蛙是邻居。一只住在较远的深水潭里，人家不容易看到；另一只住在有少量积水的沟里，而且有条乡间土路横贯而过。住在水潭里的青蛙提醒朋友换个住处，和他一起住，说这样比较保险，不容易遭到意外，又可享受到丰富的食物。朋友谢绝了这个建议，说住惯了这地方，要搬走实在很为难。几天后，一辆沉重的大车经过那小沟，把他轧死了。

顽固者执迷不悟，给自己招来伤害。

191　青蛙控诉太阳

太阳一度宣布，他打算娶个妻子。青蛙们当即嚷嚷起来，喧嚣之声上达天庭。朱庇特听到他们呱呱乱叫，不免受到惊动，便问他们为什么抱怨。一只青蛙答道："现在太阳还是单身，就烤干了沼泽地，逼得我们惨死在干燥贫瘠的家园中，今后若是他生下一些太阳，我们将陷于怎样的境地？"

192　青蛙要求有国王

群蛙无首，没有位高权重的国君。他们为此感到伤心，派使团去请求朱庇特，要他派国王来。朱庇特见他们头脑简单，便朝他们的水塘里扔下一根大木头。木头啪一声落在水里，激得水花四溅，把青蛙们吓得魂飞魄散，连忙钻到塘底躲起来。后来，看到大木头一直没有动静，他们便游回水面，不但惊恐情绪一扫而空，甚至爬上木头蹲坐在那里，根本就不把它放在眼中。过了段时间，他们觉得派这种窝囊废做他们的君主，亏待了他们，就再派使团向朱庇特请愿，要求另立君主。于是朱庇特派鳗鱼去统治。可是青蛙发觉他脾气好，性情温和，便第三次派代表去求朱庇特，请他再另选国君。他们几次三番对现状表示不满，惹恼了朱庇特，就派去鹭鸶。这鹭鸶每天捕食青蛙，直吃到那片水塘里的青蛙一只不剩，再也听不到他们的聒噪。

事情好端端，乱改就添乱。

193　青蛙与母鸡

有一天，青蛙听见母鸡咯咯叫，叫声离自己水塘不远，就说："天哪！母鸡真是吵吵闹闹的东西！"接着他喊道："母鸡太太，请你安静些；你要把整个邻近地区都惊动了。真的，人家会以为你有了重大发现。这么大声嚷嚷为什么，有什么含意？"母鸡答道："亲爱的先生，请对我有点耐心；是我生了一个蛋。"青蛙道："说实在的，你生个蛋就大呼小叫。"母鸡说："我短短欢唱几声，就惹你不高兴，对此我很抱歉。只是，你整天整夜呱呱乱叫，我也毫无怨言地忍了。我做了件好事，虽说小事一桩，报告一下总也可以吧。倒是你应当闭上嘴巴，因为可以肯定的是，你不做任何好事。"

说的人难得成为做的人。

194　蛙群和相斗的公牛

有一天，青蛙从湿地里朝外张望，见两头公牛在远处牧场上争斗，就对同伴叫道："哎呀！朋友们，我们大祸临头啦！"有只青蛙问道："你怕什么？他们打架关我们什么事？他们只是在争当牛群里的头。"那青蛙说："你讲得对，但正是这一点让我害怕，因为那打败的家伙会逃到这湿地来避难，把我们踩死。"事情也正是这样；很多青蛙的惨死证明：他们原以为那恐惧毫无根据，而事实并非如此。

出事前必有预兆。

195　毒蛇和锉刀

毒蛇进了铁匠铺，在那些工具中找来找去，想弄点东西充饥。他一本正经地对锉刀发话，要对方帮忙，让他饱餐一顿。锉刀答道："我习惯于从人家那里得到东西，而且向来不给回报。要是你指望从我身上得到好处，那你头脑太简单了。"

贪婪者都是吝啬鬼。

196　蝰蛇与水蛇

蝰蛇总去山泉饮水，惹恼了居住在那里的水蛇。水蛇认为对方有自己的地盘还不满足，还来侵犯她的地盘。她要阻止这行为，于是双方结下冤仇，决定武力解决：谁赢了，这山泉和地盘就归谁。他们定下了日子，而青蛙们同水蛇有仇，就鼓足勇气来找蝰蛇，答应帮他。开打后，蝰蛇与水蛇斗来斗去，青蛙们做不了别的，只是呱呱大叫。结果蝰蛇获胜，但他指责青蛙，说他们答应帮他来打，可除了唱歌，并没有助战。青蛙回答道："你要弄清楚，朋友，我们的帮助不在于拳脚而在于呐喊。"

人家需要的是实际帮助，相帮的言辞没多大用处。

197　蛇和朱庇特

蛇的身子很长，又老是贴着地面，经常遭到人踩兽踏，于是他向朱庇特诉苦，说是总暴露在危险之中。但朱庇特并不同情，而是对他说："依我看，如果你咬了第一个踩到你的人，别人就会留神看看落脚的地方。"

198　蛇尾

有一回，蛇尾对蛇头造反，说是任何动物都有前后两端，总让一端做主领头，不管另一端愿不愿意，都拖在后面走，这做法很可耻。蛇头向蛇尾强调，他没有头脑，也没有眼睛，天生就没法起带头作用，但怎么说也没用，最后禁不住蛇尾的软磨硬泡，感到厌烦的蛇头终于让其遂了愿。于是蛇倒着游走，高兴了好一阵子，最后来到危崖的边缘，就连头带尾飞落而下，重重跌在下面岩石上。从此，蛇头再也听不到蛇尾要领路的唠叨了。

谁最适合领头，就让他来做头。

199 蛇与鹰

蛇和鹰决一死战，斗得难解难分。后来蛇占了上风，要把鹰活活勒死。庄稼汉看见了，便奔了过来，把盘在鹰身上的蛇拉开，使鹰脱身飞走。蛇眼看自己的猎物逃掉，非常恼恨，就把毒液喷进那人喝水的牛角杯。庄稼汉不知杯中有毒，正想喝水，鹰用翅膀把他的手猛地一拍，接着便用爪子抓起牛角杯，飞向高空。

200 乌龟和鹰

乌龟懒洋洋晒着太阳，对海鸟们诉苦，说是命运不济，没有谁肯教她飞翔。有只鹰正在近旁盘旋，听了她抱怨，问道："如果我带你上天，让你在空中滑翔，你怎么报答我？"乌龟答道："我愿把红海中的财宝全部送给你。"鹰说："那我就教你飞翔吧。"说罢，便用爪子抓起乌龟，带着她飞到云端。这时鹰突然松开爪子，让乌龟跌落在高山上，砸得粉身碎骨。乌龟临死时叹道："我活该遭此厄运。我在地上活动都有困难，为什么还想飞上云天？"

若愿望都能实现，往往会毁掉自己。

201 两条蜥蜴

两条蜥蜴在墙边晒太阳。一个说："我们的境况多让人瞧不起！是啊，我们是活着，但仅此而已。因为我们在整个生物界毫无地位，根本就没有谁注意我们。这样的默默无闻真可诅咒！要是生来是鹿该多好！在皇家园林里自由自在游荡，风光无限！”话音刚落，就听得狗群狂吠，只见刚才备受羡慕的鹿已跑得精疲力竭，被追上来的狗撕成碎片。两条蜥蜴目睹此情此景，那条比较明智的问他发牢骚的伙伴：“这就是很有气派的鹿，你希望处于他那位置吗？该从他的惨死中吸取教训，还是满足于自己的命运吧。”

满足无关乎身份或地位。

202　小蟹和母蟹

母蟹对儿子说：“你为什么这样横走，孩子？径直往前走合适多了。”小蟹答道：“亲爱的妈妈，你说得很对；要是你直走给我看看，我保证也一样直走。”母亲想试给他看，但没有成功，只好听了儿子的抢白不作声。

言教不如身教。

203　蟹和狐狸

蟹撇下海滨，选了邻近的绿草地，作为栖息觅食之所。狐狸正饿得慌，遇见了他就把他吃了。刚要被吃掉时，蟹说道：“我活该遭此厄运；凭我的天性和习惯，我只能适应海中生活，到陆地上来干什么？”

满足于自己的命运，是幸福要素之一。

五　猛兽类

204　豹和羊倌

豹不幸落进深坑。羊倌们发现了他，向他扔树枝，又用石块掷他。有几个羊倌心怀恻隐，见他奄奄一息，即使不去碰他，也必死无疑。于是，他们丢了些食物下去，让他可以苟延残喘一阵。晚上，各人回家，没想到有什么危险，只以为第二天去看，他准已死了。可是豹虽虚弱，却拼足余力猛地跳出深坑，急急回到窝中。几天后他来了，把牛咬死不算，又暴跳如雷地把伤害过他的人全都咬死。这一来，连饶了他性命的人也为自己的安全担心了。他们向他交出羊群，只求保住性命。豹对他们说："我记住朝我扔石块，要砸死我的人，同样也记住给我丢食物的人，所以你们不用担心。我这次来，只同伤害过我的人为敌。"

205　猞猁与鼹鼠

猞猁躺在密林中的大树下，正磨着利齿等待猎物，一眼看到鼹鼠从她堆起的小小土丘下探出头来。猞猁对她说："唉，可怜东西，我多么可怜你！说真的，朱庇特很不慈悲，让你见不到灿烂白天，而这样的白天让所有的生灵欢欣鼓舞。可以肯定，你只能算半死不活，所以结果了你就是对你行了好事。"鼹鼠答道："谢谢你的仁慈，但我认为，我有足够的机警灵活应付这境况。我满足于朱庇特给我的能力，我相信，他在分配天赋方面不需要我们指导。没错，我没你那样犀利的眼力，但我的耳朵完全能满足需要。你听！现在你身后的响动对我是警告，我要逃离危险。”说着，她钻进地里，而猞猁眼光虽犀利，却被猎手投出的标枪刺穿了心脏。

天性不一，批评无益。

206 病狮

狮子年老体弱，无力靠捕猎觅食，决定凭诡计谋生。他回到窝中躺下，假装生了重病，有意把他生病的事弄得大家都知道。百兽为表示痛心，一一来狮窝探望，这时狮子就把他们吃了。许多野兽这样失踪后，狐狸识破了这个花招。他来问候狮子时，只站在洞外，隔着一段距离似乎表示尊敬，并问狮子身体可好。狮子答道：“我总算还可以，但你为什么站在洞外？请进来同我说说话吧。”狐狸答道：“不，谢谢。我注意到，许多脚印进了你洞穴，却看不到出来的脚印。”

从他人的不幸中，智者能得到启示。

207 狡诈的狮子

狮子看着河边吃草的公牛，想到这能成为他的佳肴，嘴边口水直流，只是忌惮公牛的一对尖角，不敢发动攻击。但饥饿很快就逼他有所行动，既然来硬的不能确保成功，他决定求助于诡计。于是他友善地上前对公牛说：“我不得不说，实在羡慕你雄伟的身材。头颅多神气，肩膀和大腿多有力！但是，亲爱的朋友，怎么却长着那么丑的一对角？你准感到它们又难看又碍事。相信我，你没有它们就好多了。”公牛也是够蠢的，居然被这番奉承话说动，把这对角锯掉了。现在，公牛没了这唯一的防御工具，狮子很容易就把他吃进了嘴。

208 进了农家场院的狮子

狮子进了农家场院。农夫想活捉他，把院门关上。狮子见无路可逃，便扑向羊群，把羊全部咬死，接着朝几头牛扑去。农夫看得胆战心惊，开始为自己的性命担忧，便开了院门，让狮子一溜烟跑了。狮子走后，农夫为损失的牛羊极其伤心。这时，看到全部经过的妻子说："你实在是自作自受。你自己也知道，平时只要听见远远一声狮吼，就吓得浑身发抖，怎么一时间变了，居然觉得自己能和狮子一起关在场院里。怎么被你想出来的？"

209　慷慨的狮子

狮子咬死一头小公牛，站在牛身上用尾巴抽着它。有个小偷路过就停下脚步，死皮赖脸要求分一半给他。狮子说："不属于你的东西，你向来伸手就拿；滚吧，我跟你没话可说。"看到狮子不吃这一套，小偷只得离开。这时有个旅人走来，见到狮子就知趣地退下。这猛兽却很有礼貌，请旅人走上前来，把牛一分为二之后，慷慨地叫他拿一半，而且为了不让他感到拘束，就衔着自己那一半进了树林。

谦逊可获王者青睐。

210　母狮

各种走兽之间发生了争论。争论焦点是：哪种动物一胎生下的幼兽最多，从而最值得尊敬。他们吵吵嚷嚷拥到母狮跟前，请她解决这场纠纷。他们说道："就说你吧，你一胎生几个？"母狮朝他们大笑道："哦，我只生一个，但那是一只不折不扣的纯种狮子。"

价值在于质量，不在于数量。

211　狮子的份额

有一次，狮子和其他有些动物一致同意，要在森林中和平共处，所有的猎物要平均分配。有一天，山羊见自己设下的陷阱里掉进了肥鹿，就把大家召集在一起。狮子把鹿分成四块，拿了最好的一块，说道："这块当然是我的，因为我是狮子。"随后他拿了第二块，说道："我有权利享受这第二块——告诉你们，这就是强者的权利。"接着，他把第三块在边上一放说："这个给我们中最勇猛的；至于剩下的那块，谁有种就来碰碰看。"

强权总是有理。

212　狮子和公牛

狮子很想把公牛抓来，但公牛体格魁梧，他不敢贸然攻击，想用诡计消灭对方。他接近公牛，向他说道："朋友，我杀了一只肥羊，要是你愿意随我回去，同我一起分享，我将为你的光临而感到高兴。"狮子这么说，是希望趁公牛俯身吃的时候，打他个猝不及防，拿他果腹。公牛到了狮窝，只看见很粗的烤肉叉和大锅，根本没有羊的踪影，就一言不发平静地走掉了。狮子问他，主人并没有在任何地方得罪他，为什么他对主人连一句客气话也不说，就这么不辞而别。公牛答道："我有足够的理由。你说杀了一只羊，我可一点也看不出这种迹象。相反，我看到的情况清楚告诉我，你为吃公牛大餐做好了各种准备。"

213　狮子和三头公牛

在很长时间里，三头公牛一起在牧场上吃草。埋伏的狮子想吃掉他们，但只要他们在一起，他就不敢发动攻击。最后，他说了好些鬼话，总算拆散了他们。他们都独自吃草后，狮子便肆无忌惮地发起攻击，很方便地把他们一个个吃掉了。

团结就是力量。

214 狮子和海豚

狮子在海边漫步，看见波浪里有海豚探出头来，便要求同对方结盟，说在所有动物里，他俩该是最好的朋友，因为一个是陆上万兽之王，一个是海洋生物的主宰。海豚高兴地同意了这建议。不久，狮子同野牛打仗，请海豚助战。然而，尽管海豚乐于支援狮子，却没法做到，因为他无论如何上不了岸。狮子骂他背信弃义。海豚答道："别这样，朋友，不要怪我，要怪老天爷，他在让我主宰海洋的同时，完全剥夺了我在岸上生活的能力。"

215 狮子和狐狸

狐狸借口给狮子当差，同狮子结帮合伙，按各自的天性和本领，各尽其能。狐狸发现了猎物，通报狮子，狮子便向猎物扑去，把他擒获。狮子分去的一份总是又大又好，狐狸不久便心怀不满，再也不去寻找猎物，而要独力捕猎。第二天，他去羊圈里偷羊，不料自己成了猎手和猎犬的猎物。

对自己的能力，别过高估计。

216 狮子和老鼠

狮子正在睡觉，有只老鼠从他脸上跑过，把他弄醒了。他大发雷霆，起身就把老鼠抓住，要置他于死地。老鼠可怜巴巴地哀求道："只要你饶我一命，我一定报答你的恩德。"狮子大笑起来，放老鼠走了。事有凑巧，此后不久，狮子被几个猎人逮住，给粗绳子捆扎在地上，气得狂吼乱叫。老鼠听出了他的声音，便来咬断绳索，让狮子恢复自由。这时，老鼠大声说道："当初你笑话我，觉得我根本就不能帮你忙，也根本没想到要接受我的报答。可现在你知道了：哪怕是老鼠，也可能让狮子大受其益。"

弱者也可能帮助强者。

217 狮子和牧羊人

狮子在树林里踏到一根刺，就朝牧羊人走去，做出摇尾乞怜的样子，似乎在说："我来求你帮助。"牧羊人壮着胆子为他检查，找到那根刺，便把狮脚放在自己膝头上拔了出来，为狮子解除了痛苦。狮子回森林后不久，牧羊人因受诬告被抓，按指控的罪名被判"丢去喂狮子"。狮子被从笼中放出来后，认出为他拔刺的人，非但不攻击，反而走近牧羊人，把脚搁在他膝头上。国王听说了原委，当即下令放狮子回森林，放牧羊人回家同亲友团聚。

218 狮子和青蛙

狮子听到怪怪的空落落噪声，却看不到任何动物踪影，惊悚起来。他再仔细听，那声音依旧，吓得他颤抖不已。最后他看到青蛙从湖水里爬出，得知那噪声由这小东西而来，就用脚把他踩碎了。

胆怯的心把恐怖想象，就会变成真正的惊慌。

219 狮子和兔子

狮子看到兔子正在窝里睡觉，便想把她捉住。正要行动，他却看到漂亮的小公鹿轻盈跑过，于是撇下兔子，转身去追。兔子被这声音惊醒，一溜烟跑了。狮子跟在公鹿后追了好久，还是抓不到，便想回来吃兔子，结果发现兔子也已跑掉。他说："我活该。谁叫我贪心不足，想多得到一些，就把快到嘴的东西放掉！"

有保证的收入，为什么不满足？

220 狮子和野猪

在酷热的夏日，鸟兽都感到口渴。狮子和野猪为了解渴，正好同时来到小泉旁。他们都想先喝为快，便开始激烈地争论，不一会儿就拼死拼活打起来。他们突然停下，想喘口气再奋力厮杀，却看见不远处有几只兀鹫，正等着看他们中谁先倒下，好来大吃一顿。他们立即和解，说道："我们俩还是做朋友为好，免得成了兀鹫的食物。"

争斗者总在危险中。

221 狮子和鹰

鹰在飞翔中停下，恳请狮子同他结盟，以有利于双方。狮子回答："我不反对结盟，但是有一点必须请你原谅：我要你为你的信誉找个担保；因为对于随时可飞走、随意可违约的角色，我怎么能信任他，把他当盟友呢？"

信任之前先考验。

222 狮子、狐狸和鹿

狮子生了病，躺在窝里，食物不继，对前来探视的狐狸说："好朋友，我希望你去林中找那头大鹿，骗他来我这里，我很想吃他的心和脑。"狐狸去林中找到鹿，对他说："亲爱的先生，你走运了。你知道，咱们的大王驾崩在即，已指定你接班统治百兽。希望你别忘记，是我第一个向你通报这天大的喜讯。现在我得回狮王那里，如果你接受我的忠告，那就一起去，陪他最后一程。"鹿心花怒放，不疑有他，随狐狸去了狮窝，但刚一进去，狮子便朝他扑来，结果扑得不准，只撕下了他的耳朵。鹿转身逃走，尽快回到林中。狐狸感到丢脸，狮子则极度失望，因为尽管有病，肚子却饿得要命，就要求狐狸再试着

去骗一次。狐狸说："这回几乎不可能成功，我去试试吧。"于是他又来到林中，找到正在休息的鹿。鹿惊魂未定，一见狐狸就骂："你这坏蛋什么意思？是骗我去死？滚吧！要不，我用角戳死你！"狐狸毫无愧色，说道："你这么胆小，难道以为狮子会害你？其实，他只是要在你耳边悄悄告诉你一些皇家机密，你却像受惊的兔子一样逃得飞快。你让他大为不快，如果不立刻回去并表明还有点勇气，我看有可能他会改变主意，叫狼继承王位。我向你保证，他不会伤害你，而我将是你忠实的臣仆。"鹿也真是够蠢的，居然信了他的话又跟着去了。这回狮子没出差错，一下子扑倒了他并大吃起来。狐狸瞅准机会，趁狮子不注意，偷吃了鹿脑，算是对自己的犒劳。过了一会儿，狮子想找鹿脑，自然找不到。在旁看着的狐狸说："依我看，你要找鹿脑也是白找：能第二次走进狮窝的家伙哪会有脑子！"

223　狮子、狐狸和驴子

狮子、狐狸和驴子缔结了盟约，要在狩猎中相互协作。捕获到大量猎物后，他们从森林里回来。这时，狮子叫驴子分配，让缔约三方得到各自应得的。驴子仔细把东西分作同样的三份，然后谦恭有礼地请其他两位先拿。狮子当即大发雷霆，把驴子吃掉了。随后，他请狐狸重分。狐狸把他们杀死的猎物垒成一大堆，只给自己留下微乎其微的一点。狮子说："你真是我了不起的朋友，已到了十全十美的地步。是谁教你这种分配艺术的？"狐狸答道："是我目睹驴子的下场后而学会的。"

能从他人的不幸中获教益，这样的人可真是有福气。

224　狮子、狼和狐狸

狮子年老多病，躺在洞穴里。所有的野兽都来探望他们的君王，唯独狐狸没来。狼认为这是绝好的机会，便在狮子跟前讲狐狸的坏话，说他根本不把百兽之王放在眼里，甚至都不来探望一下。这时狐狸正好进来，听见狼说的最后几句话。狮子见了狐狸，怒火中烧，大声咆哮。狐狸找机会自卫，说道："前来探视你的百兽中，有谁像我这样四处奔走，为你的康复而求医问药？有谁像我这样，给你带来莫大的好处？"狮子命他立即把治疗办法讲出来。狐狸答道："你得活剥一张狼皮，趁热把这皮裹在身上。"狼当即被拿下，在被扒皮时，狐狸微微一笑，转脸对他说："你先前真不该撺掇主子做坏事，该劝他做好事才对。"

恶有恶报。

225 狮子、老虎与狐狸

狮子和老虎在树林里发现幼鹿尸体，就此发生争执，打了一场为时很久的争夺战。双方打得激烈又艰苦，但仍坚持打下去，长时间抓扯和撕咬，最后因伤痛和气力不继而瘫软在地，打不动了。就在他们躺在那里伸出舌头喘气时，正好有狐狸走过。他看到这情况，毫不谦让地走到他们中间，一口咬住那天赐美味，拖了就走。两个好斗的家伙刚才为它厮杀了好一阵，现在瘫在地上眼睁睁看着这一切，却没有力气起身阻止。他们总算头脑还清楚，做了如下反省："看看这场争斗的结果吧！狐狸这坏蛋抢走了我们争夺的东西，我们却把自己弄得精疲力竭，没法夺回了。"

你付辛劳他获益，这种事例不少见。

226 狮子、老鼠和狐狸

夏日的炎热使狮子感到困倦，便在窝里躺下酣睡。老鼠从他的鬃毛和耳朵上跑过，他惊醒过来，怒气冲冲地站起来浑身一抖，又把狮窝的角角落落搜寻一遍，想抓住那老鼠。狐狸见他这样，就说道："你这样一头大狮子，居然受了老鼠的惊吓。"狮子答道："我倒不是怕老鼠，是恨他放肆无礼。”

小小失礼是大大冒犯。

227 狮子、驴子和野兔

禽类和兽类之间爆发了战争，狮子下令一切臣民在指定的时间和地点入伍，违者将招致其震怒。于是许多野兔和驴子也出现在校场。有几位将帅认为他们不宜服役，想拒绝接受。狮王说道：“别忙。驴子可成为出众的号手，野兔可当优秀的传令官。”

万事万物，各有用处。

228 狮子求爱

狮子向樵夫提亲，要娶他女儿。姑娘的父亲不愿答应，但也不敢拒绝，灵机一动，想出避免纠缠的对策。他表示愿意接受这位求婚者做女婿，但条件是：狮子得让他拔掉狮牙，剪掉狮爪——因为女儿见了这两样东西就担惊受怕。狮子高兴地同意这么做。当狮子再度提亲时，樵夫已不再怕他，拿起木棍一阵乱打，把他赶到森林里去了。

傻乎乎的爱，会带来悲哀。

229 狮子王国

田野上和森林中的百兽有位狮子国王。他既不暴烈狠毒，也不专横酷虐，在帝王中倒是最公正仁慈的。他在位时下了圣旨，说要召开全体兽类大会，又为共同遵守的盟约拟就条款。根据这盟约，狼和羔羊、豹和小羚羊、老虎和鹿、狗和兔子，应该和平共处，友好相待。兔子说道：“我一直盼着过这种日子，到那时，弱者就是在强者身边，也不会倒霉了。”

公正社会里，人人都平等。

230　狮子、熊和狐狸

狮子和熊同时抓住小羊，都想据为己有，便拼死拼活斗起来，结果两败俱伤。由于长时间撕咬，他们都累得周身乏力，软瘫在地。狐狸远远地在周围转了几圈，见他们都瘫倒在地，而那完整的小羊隔在他们中间，便过去尽快叼起小羊跑开。狮子和熊眼巴巴看着他，但没有力气站起来，不禁说道：“我们打得你死我活，到头来只是便宜了狐狸。我们活该倒霉！”

有时这人出了全部力气，但那人却得了全部好处。

231　狮子、熊、猴子与狐狸

林中暴君发布公告，命令所有臣民立即来他御窝。熊来是来了，但自称受不了王上寝宫中的气味，而且毫不知趣，在王上跟前捂着鼻子。狮子对这种放肆行为大为震怒，当即让他死在脚前。猴子见此情景，在熊的尸体旁哆嗦着，想用最低声下气的奉承话来博取恩宠。他一开口就强调，他觉得这寝宫里是阿拉伯香料的味道，接着他声讨熊的粗鲁，又对狮王的脚爪之美大肆恭维，说是以此惩戒狂妄无礼之徒正好。这种过分的谄媚令人作呕，非但没有依他所想被王上欣然接受，反而同熊的粗鲁一样招致反感，于是爱奉承的猴子同样陈尸于熊先生之旁。这时，狮王的眼光落在狐狸身上，发话道：“好吧，狐狸，你觉得这里是什么气味？”狐狸小心翼翼答道：“禀告大王，我的感觉中，嗅觉向来较差，而目前更不敢贸然发表意见，因为很不幸，我得了重感冒。”

无论想要奉承或要取笑，这些想法还是克制为好。

232　狮子与蛇

觅食的狮子看到蛇在晒太阳，虽说饥肠辘辘，但这对象不对他胃口。他很失望，就傲然用脚爪践踏这爬虫。被激怒的蛇转身攻击，用毒牙咬了他，说道："去死吧，专横的暴君！让你的例子给大家看看，没什么力量总能够保护霸王，而即便是爬虫，也是有权利的。"

暴君让自己处于被攻击的位置。

233　狮子、朱庇特和象

朱庇特听狮子诉苦都已听厌了。狮子常说："朱庇特啊！我确实力大无穷，形体美观，攻击有力，而且上下颚长着好牙，四只脚都有利爪，统治着林中百兽。尽管如此，我听到公鸡叫竟然害怕，多不光彩！"朱庇特答道："为什么无缘无故怪我呢？我把自己所有的品质给了你，而且除了你说的这一情况，你从来不是没有勇气的。"听了这话，狮子哼哼唧唧起来，显得极为伤心，大骂自己是懦夫，巴不得死掉。就在这么胡想时，他遇到象，便上前同他交谈。过了一会儿，他发觉象频繁抖动耳朵，问他怎么回事，为什么时不时颤动耳朵。正这么问着，有只蚊子停落在象的脑袋上，象答道："你见到这只嗡嗡叫的小虫了吗？要是它进了我耳朵，我就没命了，它会使我马上死掉。"狮子说："唉，这么庞大的动物，竟怕小小的蚊子，我也就不必再抱怨，更不必寻死觅活了。我觉得，我这情形比象好得多，反正，公鸡比蚊子大多少倍，我的情况就比象好多少倍。"

闷头想烦恼，越想越烦恼。

234　衰老的狮子

年老多病的狮子衰弱不堪，趴在地上奄奄待毙。野猪因为吃过他的亏而耿耿于怀，便冲过去用獠牙扎他，算是出了怨气。过了一会儿，野牛也以他为敌，用角挑他。驴子一看，进攻庞然大物可以不受反击，便用蹄子踢狮子前额。即将断气的狮子说："我勉强忍受了两个勇敢者的侮辱，可你是自然界的丑类，我竟然还得容忍你的欺凌，简直是死了两回。"

自作自受。

235 熊和蜂房

熊翻过栅栏，进了养蜂的地方，劫掠蜂箱里的蜜。为报复这侵害，整群蜜蜂一起攻击他，而且，尽管无法刺穿他长满粗毛的皮，还是用小小的刺扎他眼睛和鼻孔。他熬不住那种刺痛，胡乱把耳朵上的皮也抓破了。结果，因为对蜂房造成的侵害，他受到蜜蜂的严厉惩罚。

干坏事常带来惩罚。

236 熊和狐狸

熊为自己的仁慈大吹大擂，说道："在所有的动物里，熊对人最有感情，最怀有敬意，因此，连人的遗体都不愿碰一碰。"狐狸听了这番话，微微一笑，对熊说道："你要是吃死人，不吃活人就好了。"

半心半意显不出敬意。

237 熊和两个旅人

两个人结伴旅行，在小路上忽然碰见熊。一个人赶紧爬到树上，躲在枝枝叶叶中。另一个人眼看自己将遭到熊的攻击，便直挺挺躺在地上。熊走了过来，用鼻子把他顶了顶，又在他周身嗅一阵，可他屏

住呼吸，尽量装得像死人。不久熊离开了他，据说熊是不吃死人的。等熊走远，躲在树上的人下来招呼他，开玩笑地问道："熊在你耳边说了什么悄悄话？"这人答道："他给我忠告，要我旅行时千万别同假朋友做伴，他们在危难临头时会抛下你不管。"

患难见友情。

六　其他兽类

238　大象召开大会

大象明智又热心，关注社会公益，痛心于野兽中很多陋俗败行，又听到要求改革的呼声。他把大家召集在一起，谦恭有礼地开始长篇讲话，直率地说到他们的堕落和恶习，特别要他们注意怠惰懒散，还有他们的贪婪、残酷、嫉妒、仇恨、欺诈和背信弃义。对很多听众来说，这讲话很出色，他们张着嘴听得全神贯注，尤其是清纯的鸽子、忠实的狗、顺从的骆驼、无辜的羊和勤劳的蚂蚁；忙碌的蜜蜂也赞同其中很多内容。但一部分听众很是反感，很难把这长篇大论听下去，例如老虎和狼就听得厌烦，蛇也全力地嘶嘶作声，胡蜂、雄蜂、大黄蜂和苍蝇都嗡嗡发难。蝈蝈头也不回跳出会场，树懒则感到愤慨，而无礼的无尾猿模仿着演讲者。大象看到这乱象，就以下面几句话作结："我这番忠言是对你们大家讲的，但是要记住，谁听了我的话感到难受，就是承认有罪。而无辜者不会有此感觉。"

狗儿被咬，才会狂叫。

239　豪猪与蛇

浑身长着硬刺的豪猪漫无目标地走着，想找地方住下。有一天，他来到一处温暖的洞穴，见那里住着一窝蛇，便要求容他进去栖身。蛇虽然不情愿，却答应下来，豪猪就爬进他们的安身之处。但没过多久，蛇发现他的尖刺扎在身上很疼，后悔让他进来。蛇说："亲爱的豪猪，请你走吧。你身体又大又长满了刺。"但豪猪蛮横地说："不行。你们要是不喜欢这样，你们可以走。我觉得这里很舒服。”蛇这才明白：对于不速之客，拒之门外比较容易，一旦让他进来，要赶他走就难了。可惜明白得太晚。

选择朋友或邻居，可千万别大意。

240　被追猎的河狸

河狸常被捕杀，因为他的尾巴一度被认为有药用价值。有只老河狸非常机灵，有一次被几条狗紧追不舍，他知道他们为什么要追他。但他很镇定，咬下自己的尾巴丢在地上，由此得以逃生。

皮肉比大氅要紧。

241　猴子和渔夫

猴子蹲在高高的树上，看见几个渔夫向河里撒网，便仔细观察他们的动作。过了一阵，渔夫们停止打鱼，把渔网放在河边，回家吃饭去了。猴子是最爱模仿的动物，这时从树上下来，尽量学渔夫的样子干活。他拿起渔网，朝河里一扔，自己却缠在网里。就在快淹死的时候，他自言自语道：“是我活该！我从来没碰过渔网，干吗想用它捕鱼呢？”

242　猴子与海豚

远航的水手带着猴子，供他在船上消遣解闷。驶离希腊海岸时，风暴骤起，使船倾覆，那水手、猴子和所有船员只好游泳逃生。海豚看见猴子在浪涛中挣扎，以为他是人（据说，海豚一向对人友好），便朝猴子身下游过去，让猴子安然坐在他背上。海豚驮着猴子向岸边游去，待到离雅典不远的陆地遥遥在望，问他是不是雅典人，他回答说是的，说自己出生于雅典城中最显赫的名门望族。于是海豚又问他知不知道比雷埃夫斯（这是雅典的著名港口）。猴子以为这是人名，便说自己同他很熟，彼此是好朋友。海豚听了他的谎言，十分生气，便带着猴子潜下水去，淹死了他。

撒谎若要撒得像，也得要见多识广。

243　猴子与骆驼

林中的野兽举行精彩的表演会。会上，猴子的舞蹈让观众非常满意，他在全场的喝彩声中坐下。骆驼见猴子受到称赞，很是羡慕，希望也博得大家好感，于是自告奋勇站起来，跳舞给大家助兴。他跳来跳去，样子极为笨拙，看得野兽一下子全来了气，拿起棍子打他，把他赶出了会场。

有些人是比我们强，但模仿他们就荒唐。

244　猴子与猫

猴子与猫同住在一户人家。他们两个，很难说哪个在偷盗上更有本领。一天，他俩一起闲逛，看到柴火的灰烬中焐着栗子。狡诈的猴子说："喂，我们今天不会饿肚子啦。你的爪子干这事比我强；你把灰烬中的栗子扒出来，一半就归你。"猫扒着栗子，脚掌烫得够呛。等栗子全弄了出来，她要同猴子分赃。令她懊恼的是，栗子一个不剩，已被猴子吃光。

245　跳舞的猴子

有位王子养了些猴子，训练他们跳舞。由于猴子天生就善于模仿人的动作，他们表现出色，俨然是好学生。给他们穿上漂亮衣裳和戴好面具，他们跳起舞来同侍臣没有两样。这种表演博得很多喝彩声，一演再演。后来，有位侍臣存心捣蛋，从口袋里掏出一把干果，往舞台上抛去。猴子们一见干果，便把跳舞的事丢在脑后，恢复了本性，扯下面具和衣服，为争夺干果而厮斗起来。于是，在观众的哄笑和挖苦声中，舞蹈表演就此结束。

246　两只小猴与母猴

母猴一胎生了两只小猴。她宠爱其中一只，在养育上关怀得无微不至，对另一只小猴却又厌恶又疏忽。有一回，备受爱抚的小猴因母亲爱得过分，被活活闷死了。而那受冷落的小猴尽管得不到照料，却长大了。

动机即使再好，也未必保证成功。

247　黄鼠狼和锉刀

黄鼠狼溜进了铁匠铺，见那里有锉刀，就舔了起来。而舌头这么一用就流出血来。但黄鼠狼倒是很高兴，觉得居然从铁器上弄下些东西，只是到头来自己的舌头没有了。

喜欢鼓唇弄舌，不免自招其损。

248　黄鼠狼和老鼠

黄鼠狼年老体弱，行动不灵活，不能像从前那样捕捉老鼠。于是他在面粉里一滚，躺在阴暗角落里。一只老鼠误以为是食物，跳到他身上，但马上被捉住，送了性命。另一只老鼠也这样死去，接着第三只丧生，以后还有好些上当的。有只很老的老鼠曾多次逃脱捕鼠夹和圈套，这回为确保安全，远远观察这狡猾敌手的花招，说道：

“啊，你这躺在那里的东西，既然假装是面粉，愿你总是这样子成功吧！”

249 黄鼠狼和人

有人捉到一只黄鼠狼，因为这只黄鼠狼总在他家附近偷偷活动，所以要在水盆里淹死他。黄鼠狼苦苦哀求说：“你不至于忍心杀我吧？你想想，你们家一向受老鼠和四脚蛇之害，而我总在为你消灭他们，对你多有用。作为报答，你也该饶我一命吧。”那人说：“我承认，你并非完全无用，但家禽是谁咬死的？肉是谁偷的？你干的坏事多，干的好事少。不行！你非死不可。”

250 病鹿

病鹿趴在草场的安静角落里，他的伙伴大批大批前来探视他，又个个自作主张，把病鹿身边备着的食料吃掉一些。结果，病鹿死了，但不是死于疾病，是死于食物不继。

同坏蛋结交，弊端多，好处少。

251 独眼鹿

鹿瞎了一只眼。为了安全，她吃草时总尽可能靠近海边的悬崖峭壁，让好的眼睛朝着陆地，让伤残的眼睛朝着海，因为她估计危险不会来自海上，而陆地上如果有猎人或猎狗过来，就可早发现。不料有条船驶过，几个船夫看见了她，便瞄准了一箭射来，正中要害。在奄奄一息时，她喘着气哀叹：“唉，我真是个倒霉东西！居然只把注意力集中在岸上，以为海边安全就到这里来。到头来，这里竟更加危险。”

252　公鹿和葡萄树

公鹿被人紧追，逃到葡萄树下，在它的大片叶子间躲藏。猎手们追得很急，一下子跑过了公鹿藏身的地方。这时，他以为危险已经过去，就啃起了葡萄藤上的卷须。有位猎手听见葡萄树叶子里窸窣有声，回头一望就看见了公鹿，于是举起弓来，一箭射死了他。公鹿临死前哼哼唧唧说："我是咎由自取，因为葡萄树救了我的命，我不该伤害它。"

253　公鹿、狼和羊

公鹿向羊借些小麦，说是由狼为他担保。羊担心有诈，说了声"对不起"，接着说道："狼向来是抢了他要的东西就跑，而你跑起来也飞快，一下子就能甩掉我。到了该偿还的时候，我怎么能找到你们呢？"

两个黑，成不了一个白；两个坏，不等于一个好。

254　母鹿和狮子

母鹿被猎人追急了，逃进山洞藏身，不料闯进了狮窝。狮子见她进洞，便隐蔽起来。过了一会儿，母鹿在洞里惊魂甫定，狮子却朝她扑去，把她撕碎吃了。母鹿临死前哀叫道："苦命的我呀！逃出了猎人的手掌，竟投进野兽的嘴巴！"

避免灾祸时要注意：别落入另一种灾难。

255　牛棚里的鹿

鹿被猎狗追急了，吓昏了头，顾不得危险逃进了农庄，藏身在牲口棚中的牛群里。一头牛好心对他说："不幸的家伙，你干吗自找绝路，心甘情愿投进你敌人家中？"鹿答道："朋友，请让我在这里待着吧，我会找个有利时机逃出去。"快到傍晚，牛倌来喂牲口，但没有发现鹿；接着，管家带了几个手下巡视牛棚，也没看到鹿。鹿为自己的脱险感到庆幸，开始向牛表示衷心的感谢，因为他们在自己落难时提供了帮助。有头牛答道："我们确实希望你安然无事，不过，现在危险还没过去。还有一个人要来棚里巡视，他真像浑身长着眼睛。只要这人没来过，你的性命就仍在危险中。"就在这时，农庄主本人进来了。他先是怪人家没把牛喂好，随后走近草料饲槽叫道："为什么饲料这么少？给牲口垫在身下的麦秆太少了，连一半也不到。那些懒鬼连蜘蛛网也没清扫掉。"就这样一一检查时，他看到戳出在麦秆外的鹿角尖儿，于是一声令下，叫来手下干活的人，把鹿捉住后宰了。

主人的眼睛最最尖。

256 水潭边的鹿

鹿热得受不了，来到泉水边饮水。他看到自己在水中的倒影，不禁对一双角的大小和曲折多姿大为赞赏，但对自己细瘦的腿极为不满。就在他这样沉思默想时，狮子出现在水潭边，正趴着身子要朝他扑来。鹿撒腿就逃，以他最快的速度跑着，幸好附近地面平整又开阔，他不难同狮子保持一段距离，颇为安全。可是进入树林后，他的一双角却被卡住了。结果狮子很快赶了上来，把他抓住。这时，他责备自己道："苦命的我呀，竟一直把自己都蒙骗了！这几条腿可让我逃命，我以前却看不上眼；而这置我于死地的角，我居然曾引以为豪。"

真正最有价值的，却往往受到低估。

257 小鹿和母鹿

有一次，小鹿对他母亲说："同狗相比，你个子又大，跑得又

快，而且经常在跑。再说，你还有一对角可用来抵抗。可是母亲啊，你为什么一见猎狗总是吓得要命？”母亲笑着说道：“儿子呀，我很清楚，你说的都是事实。你提到的那些优势，我全有。但我只要听见狗在吠叫，就觉得没了勇气，得马上逃走。”

任何道理都鼓不起懦夫的勇气。

258　无尾猿和狐狸

无尾猿感到自己光屁股有诸多不便，就去找长着毛茸茸大尾巴的狐狸，说：“你尾巴太大也没用，不如分点给我遮遮丑。”狐狸说：“不管我尾巴是大是小，你都别想要一根毛。要知道，狐狸尾巴绝不是为你们的屁股而造。”

天生的外貌和身材，可不能让我们随便改。

259　无尾猿和两个旅人

有两个人，一个总说实话，另一个只说假话。他们结伴而行，碰巧来到无尾猿的地盘。无尾猿中有一只自立为王，他下令把这两人捉来，因为他想听听人对他怎么评价。他命所有猿猴在他左右分列两排长队，并按照人的通常做法，放好王位给他坐。完成了这些准备工作，他示意把两人带来。他一见他们，没打招呼就劈头问道：“陌生人，照你们看，我是怎样的国王？”那个说假话的人答道：“在我看来，你是极其伟大的君主。”“那么，你对我周围的这些朋友有什么评价？”那人答道：“他们都是你的优秀部下，至少可以做驻外使节和军队将帅。”猿王和满朝文武听了这番假话，十分满意，吩咐对这阿谀奉承者大加赏赐。见了这情况，那个说实话的旅人心里寻思：“说了假话，还给他这么丰厚的奖赏，那么，按照我的习惯，我说了实话，给我的赏赐不知会有多丰厚呢！”这时，猿王转脸问他：“告诉我，在你看来，我和我周围这些朋友怎样？”这人答道：“你是极其出色的无尾猿。而所有这些追随你的朋友，也都是出色的无尾猿。”听了这实话，猿王大为震怒，把这人交给他那些伙计，由他们的牙齿和爪子去处理。

260 无尾猿和蜜蜂

蜂房里储存着大量蜂蜜，无尾猿很想去分享，但蜜蜂的刺让他吃过苦头，所以不敢轻举妄动。他反思道：“真是奇怪，蜜蜂酿出的东西这么可口，这么香甜诱人，可他居然带有一根这么厉害这么可怕的刺！”蜜蜂回答道：“没错，我的产品的确香甜，它香甜到什么地步，那么，我被惹得发火时，我的刺就有那样厉害。”

别以为人家弱小，就可以肆意侵扰。

261 无尾猿和木匠

无尾猿看木匠剖开木料，劈出了缝隙就先后用两个楔子打进去。但事情做了一半，木匠走开了。无尾猿想乘机试试，过来拔出楔子，但因为没敲进另一个楔子，他的前爪被紧紧夹在那缝里，不得脱身。木匠回来，见自己干的活被搅了，一气之下，把可怜的无尾猿打得脑袋开花。

捣乱容易脱身难。

262 野驴和家驴

野驴有一天在外闲逛，见一头家驴舒舒服服躺在阳光下，上前说道：“你多幸运！瞧你这身光洁外衣，就知道你过得多舒坦。我真是羡慕你！”不久之后，野驴又遇上家驴，但这回见他驮着重物，还有赶驴的在后面用粗棍子打他，就对他说：“朋友啊，我不再羡慕你，因为我看到你为那舒坦付出了多沉重的代价。”

代价太高的福利，未必是一种福气。

263　野驴和狮子

野驴和狮子结盟，为的是更容易逮住林中的其他野兽。狮子答应以武力帮助野驴，野驴则以敏捷为狮子效力。他们捕杀的野兽足以满足需要时，狮子开始分配。他把猎物分成三份，说道：“这第一份归我，因为我是兽王；这第二份也归我，因为我同你一起捕猎；而这第三份嘛——不瞒你说——对你极其有害，除非你自觉自愿让给我，尽快离开。”

强权制造公理。

264　野驴、家驴和狮子

野驴见家驴驮着重物慢慢走着，就奚落他被奴役的处境，说道：“同我相比，你真是命苦！我像空气一样自由自在，从来不干一点活；至于饲料，我只要去山上，那里要多少就有多少。可你呢，吃的要靠东家，而他每天要你驮运东西，打你的时候毫不留情。”这时来了一头狮子，他见那家驴有赶驴的在旁，就没去攻击，而是直扑没有保护的野驴，毫不费事就把他吃了。

除非能自己保护自己，否则做自己的主人并无意义。

265　遭瘟的野兽

兽群中一度瘟疫肆虐，死亡无数，一段时间后势头不减，野兽们断定，这是对他们所犯罪行的报应，于是定下全体忏悔日，忏悔中发现谁的罪孽最大，就将其处死为大家赎罪。到了那天，狐狸被任命为忏悔师；狮子英明豪爽，自愿带头当众忏悔，说道："我承认自己犯有大罪，一生中咬死过很多无辜绵羊；还有一次出于无奈，吃了牧羊人。"狐狸一脸严肃地宣称，如果别的野兽犯这罪，将不可救赎，但狮王陛下有权处置区区几只笨羊，必要时甚至可处置牧羊人。狐狸的这一判断获得猛兽一致喝彩；于是老虎、花豹、熊、狼陆续上前，忏悔类似的众多罪孽，不但都得到宽大处理，而且那些罪被认为是小小失误，称不上罪孽。最后，可怜的驴子来悔罪了，他痛悔自己出于极端饥饿，一次走过教堂墓地，禁不住青草香的诱惑，就啃了一点，总量不超过他舌尖；对此不端行为他极度懊恼，希望——狐狸激愤异常地叫起来："希望！犯了这样十恶不赦的罪行，还能希望什么？竟然吃教堂墓园里的草！这是亵渎啊！我的弟兄，你这种邪恶令人发指，为我们招来上天的震怒！你罪恶昭著，处死你，就可抵偿我们所有过失。"说着，他下令拿驴子的内脏祭神，其他部分供野兽们吃一顿。

老实的弱者最可欺，要找他缺点最容易。

266　害怕自己耳朵的野兔

狮子被山羊的角撞成重伤，大发雷霆，咒骂一通后宣布，他的王国里要驱逐所有长角的野兽，违者处死。于是羊呀，牛呀，鹿呀，凡是有角的，连忙离开。有只野兔看到自己影子里的耳朵很长，大为惊恐，只怕这耳朵被认为是角。他去向蟋蟀道别，因为有多少个漫长的夏日傍晚，当他躺着打瞌睡，这朋友都为他嚯嚯叫着。他说："朋友，再见啦。我得离开这里了。我的耳朵太像两只角，这让我非常不安。"蟋蟀叫了起来："两只角！你在把我当傻瓜？你跟我一样，根本没有角。"野兔说："你要怎么说就怎么说。我耳朵的长度哪怕只有现在的一半，只要有谁想指耳为角，也就够长了。"

样子难看，还是避免。

267　野兔和狐狸

兔子同鹰开仗，请狐狸相助。狐狸答道："要是我们不知道你们是谁，也不知道你们同谁打仗，倒是乐于支援你们的。"

承担义务前，要考虑代价。

268　野兔和猎狗

猎狗把兔子赶出窝，追了一阵就停下不追了。牧羊人见他这样，讥笑他说："你们两个中间，倒还是那小的跑得快。"猎狗回答道："你不明白我同他之间的区别：我跑，只是为了吃顿饭；可他却是为了逃命。"

269　野兔和青蛙

野兔们深感自己过于胆怯，厌倦了老是担惊受怕的生活，一致决定要从高崖跳下，淹死在下面深深的湖水里，了结一切苦恼。他们浩浩荡荡奔去实行这计划，偏偏有些青蛙正躺在湖边上，一听见他们杂沓的奔跑声，便乱哄哄跳进深深的湖水中逃命，转眼间，岸上已没有一只青蛙。有只野兔看到这情况，就对伙伴们大喊："且慢，朋友们，别去做你们原先打算的事；现在你们看到，有些东西比我们还胆小，可照样活在世上。"

你的境况是不妙，但总有人比你差。

270　野兔和狮子

野兔们在大会上慷慨陈词，主张大家一律平等。狮子们这样回答道："野兔们！你们的话说得很好，但这些话并没有我们所具备的爪子和牙齿。”

271　野兔和乌龟

一天，兔子笑话乌龟，说她腿短步子慢。乌龟笑道：“哪怕你快得像风，同我赛跑的话，也准会输给我。”兔子认为，她这话根本不可能，便接受对方提议。他们同意请狐狸选定赛跑路线，确定赛跑终点。到了约定的日子，他们开始比赛，同时从起点出发。乌龟脚步虽慢，但一刻不停地迈着稳健的步子，朝终点前进。兔子仗着天生跑得快，不把赛跑放在心上，竟在路旁就地一趴睡大觉。待到他醒来再尽力跑时，只见乌龟已到达终点，正舒舒服服在那里打盹，消除先前的疲劳。

不慌不忙踏实行，参加竞赛也能赢。

272　野兔和许多朋友

野兔很客气，在任何事情上都顺从人家，所以与山林中或平野上所有的兽类都算是朋友。一天清晓，她出去觅食，听到猎手的号角和猎狗的吠叫，她吓坏了，转身就逃，想沿着原路返回，但已经回不去了。她看见马朋友跑近，就求告说：“马呀！让我上你的背吧，这样可带我安全逃脱，避免危险。”马让她确信，她所有的朋友都在附近，不用担心，说完就径自跑了。接着她看见庄重的公牛踱了过来，就央求带她离开危险处境，但公牛告诉她，自己去向母牛求爱，让她去找就在后面几步远的山羊，随后就祝她好运。野兔恳求山羊时，后者表示关切，不过担心在他背上不舒服，就指点野兔去找绵羊。绵羊大为惊恐地说：“猎狗吃野兔也吃绵羊。”说完就连忙跑掉了。绵羊后面没隔几步就来了牛犊，野兔抱着最后的希望，趴倒在牛犊跟前，但后者说：“我只是小后生；年纪大的、有本事的，都从你身旁过去了，要是我帮你忙，就会得罪那些朋友。”于是牛犊也走开了，留下的野兔只能听天由命了。

是否真朋友，看紧急关头。

273　野兔与狐狸

野兔怕狐狸找他麻烦，想要讨好他，就说："我知道你被称为诡计多端，但听说实际上是因为你比谁都会消磨时间。是这样吗？"狐狸回答道："你对此若有疑问，就去我那里。晚饭我招待，也让你看看晚上我是怎么过的。"野兔随狐狸回窝，进去一看，狐狸除了他野兔，没别的东西可吃。他意识到大难临头，哭道："想学点东西，却招来如此不幸！现在我总算明白，你怎么会有诡计多端的名声了。"

好奇而欠谨慎，难免危及自身。

274　野猪和狐狸

野猪站在树下，把獠牙在树干上蹭来蹭去。狐狸走过，问他为什么把牙磨得这么锋利，因为眼下并没有猎手和猎狗来威胁他的安全。他回答道："我是经过考虑才这样做的，绝不能到应该使用獠牙时再来磨。"

做好战争准备，才是和平保证。

275　野猪和驴子

驴子在树林里遇见野猪，这个小混混像老相识那样上前打招呼，态度轻佻油滑。野猪觉得这是侮辱，非常反感，本想在他肚子上扎个窟窿，但到底还是明智地压下火气，淡然对他说："滚吧，你这可悲的畜生。要教你懂得礼仪很容易，但你太低贱了，我不想让你的血弄脏我獠牙。”

对方轻薄，最好报以轻视、蔑视。

276 野猪挑战驴子

野猪和驴子彼此言辞强硬，将要发生格斗。野猪自恃有獠牙，又比较了自己和驴子的头脑，对格斗的前景满怀信心。格斗开始后，双方互相靠近，野猪猛然向驴子冲去，这时驴子突然转身，尽全身之力飞起一脚，正踢中野猪下颌，把他踢得踉跄着朝后倒下。他随后说道：“屁股后头来这一招，谁能想得到？”

攻击会来自想不到的地方。

七　有翅类和有鳍类

277　蝙蝠、刺藤和海鸥

蝙蝠、刺藤和海鸥想一起经商。蝙蝠外出借来一些本钱，刺藤贡献不少布料作为货品，海鸥带来大量的铜供出卖。于是他们出海去做生意，不料起了大风暴，打翻了船，他们和所有的货物全都落水，从这海难中只是捡回了性命。从那时起，海鸥就在海岸上巡视，希望有点铜被冲到岸上；蝙蝠怕债主找他，白天不敢出去，只能夜晚觅食；刺藤则不管谁走过，都要抓人家衣服，想认出自己熟悉的那种料子。

下过注的地方，总在我们心上。

278　蝙蝠和黄鼠狼

蝙蝠跌落在地，被黄鼠狼捉住，只得恳求饶命。黄鼠狼不答应，说他天生就是一切鸟类的仇敌。蝙蝠向他强调，说自己不是鸟，而是老鼠，这才免于一死。过了不久，蝙蝠又跌落在地，被另一只黄鼠狼捉住，便同样恳求对方别把他吃了。那黄鼠狼说，他特别恨老鼠。于是蝙蝠向他强调，说自己不是老鼠，而是鸟，从而第二次死里逃生。

智者随机应变。

279　斗鸡和火鸡

两只纯种斗鸡走在各自地界上，碰巧相遇。对于这样两位大英雄，哪怕最细微的一点小事也能引发争执。他们一副愤慨和不可一世的神情，互相逼近中挑衅地看着对方，发出挑战的啼声。一场血战随即展开。双方勇猛相搏，斗得筋疲力尽，结果都身负重伤，眼睛失明，最后动弹不得躺在草地上。有只火鸡看到他们间发生的一切，就走近格斗场，数落他们道："我的两位好邻居啊，你们这场争斗又蠢又荒谬！所有的生物中，人类是最爱争闹的，却也不大会发生你们这样的争斗。只不过因为你可能听见他啼叫，或者他在你领土上啄到一颗麦粒，双方就让自己身陷不幸的余生。"

再傻也傻不过无聊的吵架。

280　斗鸡和山鹑

有个人养的鸡里有两只斗鸡。一天，他偶尔看见人家在卖驯养的山鹑，便买了下来，带回家去同两只斗鸡养在一起。山鹑刚进养鸡场，两只斗鸡就追他、打他，使他十分苦恼，觉得他们这么欺负他，是因为他是新来的。过了不久，他看到两只斗鸡彼此厮打，打得难解难分，非斗得一方彻底失败为止。山鹑自言自语道："这两只斗鸡彼此之间斗起来也各不相让，现在我看到这点，不必为挨他们的追打而难过了。"

害人者终将害己。

281　两只斗鸡和鹰

为了争夺晒谷场的控制权，两只斗鸡拼命厮杀。终于，一只鸡败下阵来，战战兢兢逃到冷僻角落藏身。那位获胜者飞上高墙，尽力拍着翅膀，扬扬得意地啼叫起来。鹰正在空中翱翔，猛地朝他扑下，用爪子攫住他就飞走了。那只战败的鸡马上从角落里蹿出来，没有了对手，从此独霸一方。

骄傲，是毁灭的前奏。

282　母鸡和金蛋

农家夫妇养着一只母鸡，母鸡每天下个金蛋。他们以为鸡肚子里准有大块黄金，为了取得这黄金，便把鸡杀了。令他们惊奇的是，这鸡同其他的鸡没任何区别。就这样，这对傻瓜夫妇本想暴富，却把每天稳稳可得的收获丧失了。

贪婪却被贪婪误。

283　母鸡和燕子

母鸡发现了毒蛇的一窝蛋，小心翼翼地孵着，把它们孵了出来。燕子看到她的所作所为，说道："你这傻瓜！为什么把这些毒蛇孵化出来？这些东西长大后，将危害众生，而第一个受害者就是你！"

若有所动作，要想到后果。

284　杜鹃、篱雀[①]和猫头鹰

杜鹃很懒，不肯为自己和儿女弄个安乐窝，却去篱雀搭建的窝里下蛋，让篱雀包揽后面的事，先是孵蛋，然后母亲般哺育小鸟，直到他们长大了自己觅食，最后展翅飞去。这时，那不配做母亲的杜鹃来对猫头鹰啰唆，抱怨篱雀不把她放在眼里，而她对篱雀如此信任，甚至交托了下一代宝贝。杜鹃还说："你能相信吗？这些不知感恩的小鸟飞走时，竟没有向我告辞，而他们作为子女，对母亲理当有这义务！"贤明的猫头鹰答道："别啰唆了，还是住嘴吧。你没给人家什么，就别指望人家给你什么。你遗弃自己的小鸟，让他们孤苦无依，全靠篱雀慈悲为怀，好心把他们养大，完全是你欠她的情。要记住：在教导人家知恩图报前，你自己就应该学学感恩。"

① 篱雀就是林岩鹨，是体型较小的鸣禽，常栖在树篱上。

自己好事不干，总说人家缺点。

285 渡鸦和天鹅

渡鸦看到天鹅，很想也有这么身漂亮羽毛。他以为天鹅之所以有洁白羽毛，是因为经常游泳，给水冲洗出来的，于是离开就近可以觅食的祭坛，移居到湖泊地带。但是，尽管他时时清洗羽毛，毛色仍不能改变，而他却因为缺少食物饿死了。

改变习惯，并不能改变天性。

286 鹅与鹤

鹅与鹤在同一处草场上进食，捕鸟人想要把他们一网打尽。鹤身轻善飞，见他过来就全部飞走；但鹅身体笨重而起飞较慢，结果一一就擒。

同样都是罪犯，很多未加惩办。

287 鹅与天鹅

鹅自负又无知，觉得同其他鸟比起来，大家对鹅的看法颇为不公，于是，有一天她在鹅群里尖声发牢骚。她用翅膀指了指，说："瞧那边的孔雀，只是用华而不实的羽毛掩盖了缺点。如果她和我都没有羽毛，我可以保证一定比她漂亮。"她穿过草地，来到天鹅们正在玩耍的溪流边，继续发表高论，指着天鹅嘎嘎叫道："还有，瞧那副笨样！因为我们鹅在水上游姿优美，这些下贱的家伙就来学样，但动作笨拙，弄得水花乱溅，噪声一片。"说着，她蹿到水里，伸翅展羽，想做出天鹅的庄严气派。有只天鹅说："你这自高自大的东西！自傲让你空自得意。尽管你装腔作势，但这股傻劲让你露了底——只是呆头鹅而已。”

傻瓜以干蠢事而骄傲。

288 凤头百灵葬父

据传先有百灵鸟，后有大地，所以当百灵鸟的父亲死于重病，就无地可葬，她只得让父亲的遗体停放五天，到了第六天，由于心烦意乱，就把父亲葬在自己的头颅里。从此，她就有了冠毛，大家都说这是她父亲的坟。

年轻人的第一天职，是孝敬父母。

289 歌鸫和捕鸟人

有只歌鸫待在香桃木上，吃着树上浆果，久久不肯离开，因为浆果滋味好。捕鸟人见她好久没挪动，便在杆子上涂好粘鸟胶，把歌鸫粘住。歌鸫临死前叹道：“我真是太蠢了！为了一点点可口东西，断送了性命。”

处身于现在，别不想将来。

290 歌鸫和燕子

小歌鸫住在果园里，有一回结识了燕子，产生了友谊。燕子轻快地掠过附近的牧场和果园，时不时来看看朋友，而小歌鸫就从这根树枝跳到另一根树枝，以兴高采烈的曲调表示欢迎。一天，小歌鸫对母亲说：“哦，妈妈！从来没什么生灵像我一样，有燕子这样的好朋友。”母鸟回答说：“也从来没一位母亲像我一样，有你这样的傻儿子。告诉你，早在冬天到来前很久，你这朋友就会离开你，而你在掉尽了树叶的枝丫上瑟瑟发抖时，他将在千里之外，在阳光普照的天空下玩耍呢。”

朋友身份不相当，友谊很难久长。

291　鸽子和乌鸦

笼中的鸽子夸口，说她孵出了很多小鸽子。乌鸦听到这话，说道：“我的好朋友，别说了，这种夸口不合适。你的家庭成员越多，看到他们都关在这牢笼里，你的烦恼就越多。”

292　口渴的鸽子

鸽子感到渴得要命，看到招牌上画的一杯水，没想到这是画，便呼地飞扑过去，愣头愣脑地撞在招牌上。这一撞让她双翅折断，掉落在地，被路人捉去。

293　公鸡和宝石

公鸡用爪子刨着地，想给自己和他的母鸡们找点吃的，却刨到一颗宝石。他对宝石叹道：“如果不是我，而是应该拥有你的主人找到了你，他会把你拾起来，镶起来，让你大放光彩；但是对我来说，你毫无用处。我宁可要一粒大麦，而不要全世界的珠宝。”

东西的价值只在于是否有用。

294　公鸡和马

公鸡走进马厩，东蹿蹿，西趴趴，在那些马中间扒拉着麦秆；马时不时跺跺脚，或者乱跳乱踢一下。于是公鸡严肃地告诫他们说：

“好朋友们，我们大家都要当心了，可别踩到了人家。”

劝告和建议，很少不涉及私利。

295　公鸡与狐狸

觅食的狐狸在农家场院旁悄悄走着，没看到农夫隐藏在那里的机关，那正是为了捉他而安置的。啪！机关夹住了，结实的绳索紧紧捆住了他。他凄厉地狂嗥起来，气得差点发疯。公鸡听见叫声，飞上围栏一看，见是狐狸，吓得厉害——虽然见到这宿敌动弹不得，却也不敢靠近。不过，他还是情不自禁地欢啼了一声。狐狸抬头看看说：“亲爱的公鸡先生，你瞧我多倒霉，这都是我来向你问好出的事。请务必帮我弄断这绳子，至少，在我咬断它之前，你别让任何人知道我中了机关。”公鸡一言不发，尽快去把这一切报告主人。于是，像公鸡认为的那样，狡猾的狐狸受到了应得的惩罚。

发慈悲要看是对谁。

296　海鸥和老鹰

海鸥吞食了大鱼，把肫胀破了，瘫在岸边等死。老鹰看见了，叹道：“你真是自己造的孽；空中飞的鸟，根本没理由在海上找吃的。”

人人都该安于本分。

297　寒鸦和鸽子

寒鸦看见鸽棚里食物充足，便把自己涂成白色，混在鸽子中，分享他们丰盛的食物。起先他一声不吭，鸽子以为他是同类，让他待在棚中。有一天他忘乎所以，叽叽喳喳开了口，鸽子们这才知道他的真实身份，把他啄了出去。既然不能在鸽子那里混饭吃，他只得回寒鸦的队伍。但寒鸦们因为他羽毛的颜色而不承认他，同样把他赶走，不让他来一起生活。所以，他想要二者兼得，却弄得两头落空。

298 寒鸦与狐狸

寒鸦饿得半死，栖在无花果树上，因为树上有几个过了节令才长出来的无花果，他想等它们成熟。狐狸见他久久栖在树上，问明他这么做的原因，就对他说："先生，你是在骗自己，把自己骗得很惨，因为你抱着强烈希望，而这希望永远不会实现，不会让你有任何收获。"

299 虚荣的寒鸦

朱庇特决定为百鸟立王，通告所有的鸟在某天去他跟前报到，由他挑选最美丽的为王。寒鸦知道自己难看[①]，就找遍树林和田野，搜集百鸟翅膀上掉落的羽毛，但愿插满全身后就能成为最美丽的鸟。到了指定日子，百鸟都聚在朱庇特跟前，寒鸦也出席了，众多的各色羽毛把他包装得华丽非凡。朱庇特见他羽毛漂亮，便提议由他为王。众鸟愤愤不平表示反对，纷纷从他身上啄下各自的羽毛，于是寒鸦原形毕露，不过是寒鸦而已。

诚实的就不干虚饰的。

300 红嘴山鸦和狗

红嘴山鸦向女神献祭，邀请狗来享用祭品。狗对他说："你这样献祭没有用，何必如此浪费？女神真的很讨厌你，正要剥夺你那种给

---

① 寒鸦外形像鸦，身黑色，项灰色，眼似珍珠，在树洞、峭壁、高建筑上成群活动。

兆头的本领呢。”红嘴山鸦回答说：“正是这缘故，我才向她献祭。我知道她要对我来这一手，不过我想同她和解。”

世上有些人可与之相比：因为怕敌人就拍他马屁。

301 孔雀

孔雀与众不同起先只因为有羽冠，他向朱诺[①]陈情，希望让他的尾部也很美。朱诺特别宠爱孔雀，所以当即允准，下令让他的尾部比任何鸟雀都美。孔雀意识到自己非凡的外表，认为步态和举止也必须有相应的尊严。农家场院里，各种家禽见到他如此气派，大为惊讶，就连雉鸡看他的眼光也含妒忌。但是他想飞的时候发现，他所有的本领已为炫目的外表所牺牲，他追求浮华的富丽堂皇，也就为之所累。

属于大人物的虚礼和夸饰，常是其自由与尊严的限制。

302 孔雀和鹳

孔雀开屏，显得华丽非凡，看到鹳经过，便嘲笑他灰白的羽毛，说道：“我穿得像帝王，衣袍上有大富大贵的金色和紫色，连彩虹上的颜色也一应俱全，而你的翅膀上一点色彩都没有。”鹳答道：“说得对。但是我在高空翱翔，朝星星大声歌唱，而你只能像地面上的公鸡，同家禽一起在垃圾堆上。”

长得好羽毛，未必是好鸟。

303 孔雀与喜鹊

很久以前，鸟雀过得自由自在，处于毫无法律管束的无政府

① 朱诺是罗马神话中的天后，为主神朱庇特之妻，司生育、婚姻等，相当于希腊神话中的赫拉。

状态，后来他们厌倦了这种生活，提出要立国王。孔雀仗着羽毛鲜艳，要求得到王位。他五彩缤纷的羽毛吸引了傻乎乎群众的目光，于是多数鸟雀拍着翅膀大声叫好，表示拥护。他们刚要正式宣布他为王，喜鹊从鸟群中走出，对这当选国王说："愿陛下开恩，容我当着大家的面，向陛下陈述一介草民的疑虑和担心。我们选你为王，就把我们的性命财产交到你手里，你就是我们的全部希望和依靠。所以，如果鹰啊雕啊之类猛禽向我们猛扑下来——这非常可能——陛下有何保护我们的良策？望陛下体恤下情，告知我们，让我们消除忧虑和担心。"听到这无法回答的简短问题，全体鸟雀理所当然沉思起来，他们很快决定，要重新选择。但从那时起，孔雀被认为是虚荣而猥琐的觊觎王位者，喜鹊则备受尊崇，被认为最能代表全体鸟雀说话。

在选择统治者时，外形外貌不该比品质和才能受重视。

304　孔雀与朱诺

孔雀向朱诺诉苦说，夜莺的歌声听了悦耳，可他只要一开口，所有的听众都把他当成笑柄。天后安慰他说："不过在美貌和个头上，你比他强多了。你颈子上有翡翠的光彩，你一开屏，那羽毛华丽非凡。"孔雀说："只要在唱歌上比不过人家，我就无异是哑巴，这样的话，我的美貌有什么意义？"朱诺答道："每种飞禽的天分，由命运之神安排好了。给你的，是美貌；给鹰的，是力量；给夜莺的，是歌喉；给渡鸦的，是吉兆；给乌鸦的，是不祥之兆。别的鸟对分到的天赋都很满意。"

满足是快乐之源。

305　脱逃的鹩哥

有人捉到一只鹩哥，用绳子系住他一条腿，给孩子们去玩，过了一阵，似乎养驯了，放松了看管。但鹩哥不喜欢同人做伴，趁机溜掉，飞回自己的老地方。不幸的是，他脚上仍系着那绳子，所以不久便缠在树枝上。鹩哥虽想挣脱，却始终没法脱身。他眼看自己末日临近，绝望地叹道："我获得了自由，却失去了性命。"

306 鸬鹚和小鱼

鸬鹚年老眼花，看不清水底的猎物，于是想出花招来满足自己的需要。他看到沟渠水面上有条白杨鱼[①]，就对他说："听好了，如果你关爱自己和同胞，就快回去报告：这沟渠的主人一星期后要拉网捉鱼了。"白杨鱼听了这可怕的消息，立刻游回去向鱼群全体大会报告，大会一致同意派他为特使去鸬鹚那里，为其提供的情报致谢，随后又提出请求：既然他如此好意通知他们面临的危险，想必也乐于施恩搭救，帮他们逃避危险。狡猾的鸬鹚答道："我很愿意帮助你们，而且要尽我最大努力。你们只消聚在一起，游上水面，我会把你们一个个送到我的住处，那是在独立水塘边上，除了我，没有其他鸟兽进得去。"那些鱼毫无戒备之心，同意这计划，请鸬鹚尽快实施。他把他们转移到了浅水塘，就不难在水底看见他们，在他饥饿或想大饱口福时，就把他们一条条送进了肚子。

明智者不会把处置自己的权力放进敌人或者陌生人的手里。

307 麻雀与野兔

野兔被鹰抓住，哭得很伤心，发出的叫喊就同小孩子一般。麻雀骂她道："你的脚不是跑起来飞快吗？现在那些脚在哪里？谁叫你

---

① 白杨鱼（gudgeon），又译鮈鱼，是欧洲的淡水小鱼，常用作钓饵。该词另有"笨蛋""容易受骗的人"等意。同样，鸬鹚（cormorant）也有"贪吃者""贪婪的人"之意。

跑得这么慢？”麻雀正这样说，隼突然攫住他，把他弄死了。这一来，野兔死而无怨，断气的时候说：“你呀，刚才自以为安然无事，见我倒霉就幸灾乐祸，现在你自己同样倒霉，轮到你为自己伤心了。”

冷酷无情者遇上灾祸，得到的同情肯定不多。

308　鸟、兽和蝙蝠

鸟类同兽类发生战争，双方时时互有胜负。蝙蝠感到每次战斗的结果难以预料，总是哪边强，就投向哪边。后来双方讲和，他这种欺骗行为就暴露出来，于是原先的交战双方都因他背信弃义而给他定罪。他遭到驱逐，不得在阳光下活动，只能在阴暗地方藏身，在黑夜里孤零零飞行。

309　山鹑和捕鸟人

捕鸟人捉到一只山鹑，正要杀他，山鹑恳求饶命，说道：“请让我活下去吧，要是你对我高抬贵手，我一定为你引来许多山鹑，作为对你的报答。”捕鸟人答道：“现在我毫不犹豫，要取你性命，因为你只求自己活命，不惜出卖亲友。”

与其含耻偷生，不如光荣赴死。

310　神翠鸟

神翠鸟[①]喜爱孤独，总生活在海上。据说为防人捕捉，他们把窝筑在岩岸上。话说有只神翠鸟很多产，飞上伸在海中的悬崖，见有块岩石突出在外，就在那里筑巢。不久后，她外出觅食时大风骤起，掀

① 神翠鸟是传说中巢居海上的鸟，据说冬至产卵时能平息海浪。

起的巨浪扑向高崖，鸟窝里灌满了海水，小鸟都淹死了。母鸟回来后见此情景，哭喊道："我多不幸！为了避免在陆地上遭暗算，就来海上栖身，不料大海更险恶。"

靠不住的朋友，比敌人更危险。

311　山鹬和绿头鸭

磨坊水池的泄水道附近，山鹬和绿头鸭一起在湿地上觅食。仔细的山鹬说："大爷，瞧你这狼吞虎咽的吃相！不管蜗牛、青蛙还是癞蛤蟆，任凭哪种烂污货来到你跟前，都难逃你穷凶极恶的大嘴，反正无论多少，不管好坏，都吃下。这贪吃的恶习让人看了恶心！"绿头鸭答道："呱呱！请问，你怎么倒来指责我？我从不挑食，你挑精拣肥，就有权对我说三道四？要吃饱肚子也算犯罪？爱吃大自然提供的食物，难道这不是美德？你自命口味高档，吃东西挑剔得近乎病态，与其如此，我宁可被称为贪吃。过分讲究美食倒是无聊的恶习！"于是，这两个瞧不起对方的吃货各奔东西，去追求各自的口腹之乐。绿头鸭吃得匆忙，吞下的食物废渣实是鱼饵，因为贪吃又粗心，连鱼钩也吞进了肚子；而山鹬飞过林中空地，想找他爱吸的果汁，却一头撞在网里——双方癖好不同，但同样成为各自癖好的牺牲品。

你求吃得多，他爱吃得精，同样让自己分了心。

312　天鹅与家鹅

有个富人从市场上买来一只家鹅与一只天鹅。养家鹅是为了食用，养天鹅是想听他唱歌。到了杀鹅时，厨子在夜色里捉鹅，因天黑分不清这两种禽类，捉住的是天鹅而不是家鹅。天鹅面临死的危险，便放声唱起来，使人家凭嗓音就知道他是天鹅，从而保全了性命。

破的一语，贵如金玉。

313 天鹅与主人

据说天鹅临死时会唱歌，所以有人见到有天鹅在卖，又听说过其歌声动听，就买下了。一天这位主人在家请客，就把天鹅捉来，要她在席间演唱，但她默不作声。不久，她感到死期临近，便为自己唱了一曲哀歌。主人听到后，对她说道："你只是临死时才唱歌，而先前我要你提早唱，真是很傻；那时我应该用你献祭，你就会唱了。"

有的事我们本不愿做，但在逼迫之下我们也只能为之。

314 隼和夜莺

夜莺高高栖在橡树上，像平时那样歌唱着。隼肚子正饿着，一看见他，便猛地扑下，把他抓住。夜莺眼看自己性命难保，苦苦哀求饶命，说自己太小，填不饱饥饿的肚子，对方要进食，该去捉较大的飞禽。隼打断他的话，说道："如果为了捉目前连影子也不见的鸟，而放了掌握中的现成食物，那我可真是糊涂了。"

双鸟在林，不如一鸟在手。

315 隼、鸢和鸽子

鸽子看到鸢的出现，大感恐慌，便要求隼保护他们。隼一口答应。他们刚把隼请进鸽棚，便发现招来大祸，因为即使鸢扑杀他们，一年里杀掉的鸽子也不及隼一天杀掉的多。

治病药比病还凶，这药就千万别用。

316 鸵鸟与鹈鹕

有一天，鸵鸟遇见鹈鹕，见她胸前血迹斑斑，就对她说："天哪！怎么回事？你碰上了什么意外？肯定落进了凶恶猛兽的爪子，好不容易逃了出来。”鹈鹕回答说：“不要吃惊，朋友；我没发生意外，无非平常事一件，为哺育我那窝雏鸟，我用心头血喂养。”[①]鸵鸟接口说：“比起你这吓人模样，你这回答更叫我吃惊。难道你一直这么做？撕开自己的皮肉，挤出自己的血，为了小家伙难以满足的食欲，你就这么残酷对待自己？我不知该可怜你的不幸还是愚蠢。听听我的劝：要爱护自己，放弃这摧残自身的野蛮习惯。把你的孩子交给天意去安排，别为他们操心。我的例子也许对你有用。我就把蛋生在地上，盖上一层薄薄的沙；如果运气好不被人或野兽踩碎，温暖的阳光会来孵化，到时候雏鸟出来，我就让大自然养育他们；自己根本不操这份心，对他们是死是活既不知道也不关心。”鹈鹕说：“这是你的不幸，对自己的后代如此硬心肠！而且因缺乏天生的感情，你生产了也是白生产！谁不知道当母亲的有焦虑也有甜蜜，做娘的有苦也有乐！只有你，对亲骨肉这么狠心，我可不会这样。你的冷漠无情，可能让你免除一点小痛苦，一些暂时的不便，但同时也让你疏于履行应尽的义务，不能品尝那伴随的快乐。这种上天所赐的快乐最微妙，能吞没痛苦，更能强化幸福感。”

做父母的自有各种各样的焦虑烦恼，但对子女的钟爱之乐是巨大补报。

317　乌鸦和渡鸦

有只乌鸦很妒忌渡鸦，因为渡鸦被认为兆头很灵验，人们对他很注意，看他飞翔就知道今后的事情是吉是凶。这回，乌鸦见到几个出门人走近，就飞到树上，栖在枝头，放开喉咙呱呱大叫。那些出门人循声望去，不知道这是什么兆头。其中一个人对旅伴说道：“朋友们，我们继续赶路吧；这不过是乌鸦在叫，你们知道，她的叫声不说

---

① 据说鹈鹕在自己胸部啄出血来哺育雏鸟（事实上是幼雏将嘴伸入亲鸟食管取食亲鸟回吐的食物），因此被认为是有美德的禽类。

明任何问题。”

假冒人家身份，只会招来耻笑。

318 乌鸦和墨丘利[①]

乌鸦在罗网里不能脱身，便祈求阿波罗[②]救他，许愿说要在他的神龛前烧香。但等他被救出来，脱离了险境，却忘了自己的承诺。不久，他又误进另一张罗网，这回他不求阿波罗，却祈求墨丘利，同样许愿说要给他烧香。这时墨丘利出现了，对他说道：“你这下流家伙！你撇开从前施恩于你的阿波罗，做了对不起他的事，我怎么能相信你？”

319 乌鸦和水罐

乌鸦渴得要死，看到一只陶罐，心想，那里面也许有水，便高高兴兴地朝它飞去。飞到罐边一看，他颇感失望，因为罐里的水太浅，无论如何没法够到。他想了各种办法，一一尝试，想够到那水，但都不能如愿，白花了力气。最后，他捡来尽可能多的石子，用嘴把它们一一衔进陶罐，使水面升高到他够得到的地方，他才免于渴死。

需要是发明之母。

320 乌鸦和羊

讨厌的乌鸦栖在羊背上。羊无可奈何，带着她前前后后走了很长时间，最后说：“如果你对狗也这样，早就受到他尖利牙齿的报应

---

① 墨丘利是罗马神话中的神，司掌商品，保佑商人，相当于希腊神话中的赫耳墨斯。

② 阿波罗是希腊神话中的太阳神，司阳光、智慧、预言、音乐、诗歌、男性美等。

了。”听了这话，乌鸦答道：“我欺软怕硬。我知道谁可以欺侮，谁必须奉承；这样，我才可以长寿，活到一大把年纪。”

人家对你不在乎，就敢于把你欺负。

321 乌鸦与蚌

乌鸦在海岸上发现一只蚌，衔在嘴里朝石头上敲，但很久都没敲碎蚌壳。狡猾的老乌鸦过来，默默细看了一阵说：“朋友，这样永远也敲不碎这蚌壳。听我教你怎么做：衔着它飞得尽可能高，然后把它摔落在岩石上；这样它就会摔碎，你可以稳稳吃了它。”头脑简单的乌鸦照着做，飞上天去把蚌摔下来。但没等他飞下来享用，老乌鸦已扑上去把蚌肉叼走了。

有些建议可能对建议者有利，对这样的建议可要十分留意。

322 乌鸦与蛇

乌鸦饿急了，看见有条蛇睡在阳光下的安静角落里，便飞了下去，饥不择食地抓住他。蛇回过头来，咬了乌鸦一口，使他受了致命伤。乌鸦临死前痛苦万分，哀叹道：“我真是不幸！原先还以为自己运气好，意外获得了食物，不料这却要了我的命。”

人家的权利，也需要尊重。

323 燕子和乌鸦

燕子和乌鸦各说各的羽毛好，便争论起来。最后，乌鸦的一句话结束了纷争。他说：“你的羽毛在春天里确实很好，但我的羽毛能保我过冬。”

春风得意时，交的朋友不值得留恋。

324　燕子、蛇和法院

燕子从海外回来，由于向来喜欢同人住在一起，便在法院的墙上筑了窝，并在窝里孵出七只小燕子。那墙上有蛇洞，蛇出洞经过燕子窝，把羽毛未丰的小燕子全都吃掉了。母燕见窝里被扫荡一空，痛心至极地叫道："我这个他乡游子好苦啊！在这个地方，人家的权利都得到保护，难道只有我该遭此荼毒！"

对表面情形别过于相信。

325　燕子与乌鸦

有一次，燕子对乌鸦夸耀自己的出身，说道："我以前是公主，父亲是雅典国王，但丈夫虐待我，为一点小事割了我的舌头。后来朱诺为免得我再受伤害，就把我变成了燕子。"[①] 乌鸦答道："你现在唠叨得够多了，我想象不出，如果你舌头没被割掉会怎样。"

虚荣者总爱自夸自赞。

326　野鹅与家鹅

两只鹅逛出农家场院，沿着小溪游到大沼泽，这里食物众多，品种丰富。野鹅常来这里，起先有些怕生，不大能接受两只家鹅，后来渐渐相熟并打成一片。一天傍晚，狐狸在沼泽地附近找吃的，听到他们嘎嘎叫，这狡猾的掠食者穿过林子，鬼鬼祟祟溜到沼泽边，直到离猎物几码远才被发现。就在他扑向猎物时，他们发出刺耳的高声啼

---

① 希腊神话中，色雷斯王蒂留斯娶了雅典公主普洛克涅，又想要她的妹妹菲洛梅拉，就把普洛克涅藏在乡间，说她已死，娶了菲洛梅拉。为防事情败露，蒂留斯就割了菲洛梅拉的舌头。菲洛梅拉得知真相后，在一件衣服上织了几个字，把事情告诉了姐姐。姐姐的报复引起蒂留斯对姐妹俩的追杀，快要追上时她俩祈求天神保护，于是普洛克涅被化成夜莺，而菲洛梅拉被化成燕子（在有的说法中，姐妹俩角色互换）。

叫，立刻惊起而飞。逃出狐狸爪子的野鹅一边叫“狐狸！狐狸！”一边腾空而起，越飞越高，终于消失在空中。两只家鹅也跟着叫“狐狸！狐狸！”并飞起来；但他们身体重又不灵活，而且不常使用翅膀，很快掉落下来，成了狐狸的牺牲品。

谁想要登上高位，要能保持在高位。

327 夜莺和鸟笼

夜莺的主子很有身份，他把夜莺养在精致的鸟笼里，每天喂他许多精美食物。食宿条件虽好，夜莺却感到不自在，很羡慕林中鸟可以不受拘束地生活，在树枝间自由自在地跳上跳下。他朝思暮想这样的生活，这愿望却无法实现，害得他渐渐憔悴下去。过了一阵，碰巧笼门开了没关，这久久巴望的机会让他成功脱逃。他飞出笼子，躲进附近林荫，想在那里心满意足地度过余生。但可怜的鸟想错了。他这次出逃带来的千百种坏处，他做梦也没想到。现在他真是很可怜，而这种不幸以前只出现在他想象中。吃惯的美食没有了，他又不知如何去找食，似乎只能饿着肚子等死。雷暴雨来了，空中满是闪电，他没安全地方可去；大雨打湿了羽毛，闪电几乎让他瞎掉。他娇嫩的天性经不起猛烈冲击，只能在冲击下死去。他呼出最后一口气时，据说他做了如下反省：“嗐，我要是还在笼子里，就再不会外出游荡了。”

不知道自由的代价，这时其吸引力最大。

328 老鹰和天鹅

古时候，老鹰同天鹅一样，也有唱歌的天赋。可是听到马嘶后，他们着了迷，想要模仿。结果，在学马嘶的时候，他们忘了怎么唱歌。

为求得虚无缥缈的好处，常丧失眼前享有的福分。

329 猎鹰与鹅

有只鹅颇有理由相信，自己近期将成为牺牲品，所以在庄园里处处小心，避免接近主人家的雇工或家仆。东家的厨房他见过一眼，里面亮着熊熊炉火，厨子在剁掉一些鹅头，此后，这些景象一直让他心有余悸。所以，到了要烤他的那一天，厨子的下手再怎么叫他引他，嘴里咯咯作声要他前来，都不起作用。看到这情景的猎鹰说：“你一定又聋又笨——这么在叫你，要你去，你居然充耳不闻，视而不见！应该学学我的样。我从不让主人叫第二遍。”鹅回答道：“唉，如果叫你是为了把你扎在烤肉叉上放到火里烤，你同样会磨磨蹭蹭，耳朵跟我现在一样不灵。”

差事不同，反应有异。

330 猫头鹰、蝙蝠和太阳

猫头鹰、蝙蝠和另外有些鸟雀都在夜里活动，他们常在一处浓荫里会面，然后七嘴八舌地讲邻居坏话。最后就开始挖苦太阳，因为大家都认为太阳冒失莽撞，爱暴露人家隐私，非常讨厌。这些议论碰巧被太阳听到，他只是淡淡回答说：“女士们，我不在乎你们的意见，只是感到奇怪：我一下子就能消灭你们，你们怎么敢说我坏话？但我还是要回答你们和报复你们，而唯一的回答和报复就是：继续放光。”

对闲言碎语的最好回答是沉默。

331 猫头鹰和百鸟

有只猫头鹰非常聪明，她向百鸟建议，要他们一见橡实爆芽，就用一切办法将那橡实刨出地面，不让它生长。因为长成了橡树，就会有槲寄生；有了槲寄生，人就可以做粘鸟胶；有了粘鸟胶，就可以用来捉鸟。那真是无法解救的毒药。接着，猫头鹰又向百鸟提出忠告，要他们把人播下的亚麻种子啄出来，因为亚麻这植物将对他们不利。最后，猫头鹰看见带弓箭的人走近，便警告他们说，别看这人是步行来的，他会射出装有羽毛的箭，这箭比他们身上的翅膀飞得还快。对这些警告，众鸟根本不相信，反而觉得猫头鹰神志不清，说她疯了。但后来他们发现，她的话千真万确，这才对她的知识渊博感到惊讶，认为她是最聪明的鸟。所以她再次露面时，他们便向她求助，因为他们觉得她无所不知，无所不晓。但她不再给他们提任何建议，只是为他们过去的愚蠢而哀伤。

治疗不如预防。

332 猫头鹰和夜莺

古老隐修院的废墟树丛里，住着一本正经的猫头鹰。他常去院里图书室，那里有苦行僧留下的无聊遗物，他读了发霉的手抄经卷，就沾上倨傲和迂腐之气，以为严肃就是智慧，就整天半闭着眼睛栖在那里，算是学养深厚。一天晚上，他半睡半醒，沉浸在深思之中，有只夜莺不巧就栖在近旁，悠悠扬扬啼唱起来。猫头鹰从梦幻中惊醒，用可怕的尖叫打断歌声。“滚！”他大喊道，“你这不识相的流浪歌手，别用乱糟糟的噪声干扰我崇高的沉思默想。告诉你，自鸣得意的歌手，好音调只在真理之中，而真理靠艰苦的学习才能获得；好音调不是靡靡之音，那只有患相思病的姑娘爱听。”夜莺答道：“你这自以为是的书呆子，你的脸毫无表情，你用毛羽裹住脸就算有智慧了？音乐是天然的娱乐，也理当如此。你猫头鹰虽听不进去，健全的心灵却一直欣赏和赞美。”

能提高我们修养的艺术会遭到书呆子轻视，而正是艺术可从根本上消除书呆子的迂腐。

333 自负的猫头鹰

猫头鹰还很年轻，偶尔在清澈泉水中看到自己的倒影，对其形象的完美有至高的评价。他说："是时候了，婚姻之神应当让我生儿育女，让他们同我一样美，一样成为夜的荣耀和林中的珍宝。最完美的鸟若没有配偶而绝种，那就太可惜了！有位女性注定要同我共度一生，她真有福气！"自夸自赞的想法让他脑子发热，央求乌鸦去鹰王那里说媒，想娶鹰王的公主。乌鸦问："高贵的鹰能注目最明亮的天体并以此自豪，你在白天连眼睛都睁不开，你想他会答应把女儿许配给你吗？"但猫头鹰极为自负，任朋友怎么劝都充耳不闻；倒是朋友经过他再三动员，终于被说服，同意担当这一任务。鹰王对这提亲的态度可以想象：轻蔑地一笑置之。不过这君主颇有幽默感，他吩咐乌鸦转告猫头鹰：如果第二天日出时来空中见他，他就同意这门婚事。猫头鹰自以为能做到这点，但阳光让他目眩头晕，从高处掉落在岩石上，随即被鸟群追逐。但让他感到庆幸的是，最后总算逃进老橡树的树洞，在昏暗中默默无闻地度过余生，而这正是大自然给他设定的。

有宏伟计划而无相应才干，到头来总是落得丢尽脸面。

334　生病的鹰

病得快死的鹰对母亲说："妈妈！别难过啦，还是马上求求众位天神，让我再活下去吧。"母鹰答道："唉，我的儿呀！你想想，哪位天神会怜惜你？他们祭坛上供的祭品，你都去偷过，还有哪位天神没让你得罪？"

患难时想要朋友帮助，要在得意时结交朋友。

335　鹰和捕鹰者

有一次，鹰被人捉住，立刻被剪掉翅膀上的羽毛，放进了饲养禽鸟的地方，同其他鸟待在一起——对这种待遇，鹰感到难过又沮丧。后来，附近有人买下他，让他把羽毛长起来。鹰重新飞翔后就扑向野兔，把它抓住了献给恩人。狐狸见他这么做，大声道："不用讨好这人，还是去博得你老主人好感吧，免得他再捉你，再次叫你有翅难飞。”

恐惧心能让人为你效劳，但善心换来的效劳更好。

336　鹰和寒鸦

鹰从高崖上的巢中飞下，抓住一只羊高飞而去。寒鸦看见这一幕，十分羡慕，决意在力气和飞行上同鹰一比高低。他呼呼出声地振翅鼓翼，飞了一圈，降落在一只大公羊身上，想把他带走，但爪子却缠在羊毛里，尽管拼命扑拍翅膀，却脱身不得。牧羊人看到这情形，就奔上前来捉住寒鸦。他马上剪掉寒鸦羽翼，晚上带回家去给孩子。孩子们问他：“爸爸，这是什么鸟？”他回答道：“据我所知，他是寒鸦；但是他希望把自己当作鹰。”

做不了的事硬要做，这样的人是蠢货。

337　鹰和甲虫

鹰和甲虫相互为敌，彼此破坏对方的窝。鹰首先干出缺德事，把甲虫的幼虫抓来吃掉。甲虫就偷偷爬近鹰生下的蛋，把它们推出鹰窝，甚至尾随着鹰，来到朱庇特跟前。朱庇特听了鹰的诉苦，就吩咐鹰把窝筑在他两条大腿上，这样，鹰的蛋也就在那里了。但甲虫在他头边飞来飞去，朱庇特想把甲虫赶走，无意中站了起来，却让那些蛋从腿上滚下，全摔破了。

弱者受到欺负，常对强者报复。

338　鹰和箭

鹰栖在巉岩上，盯视着野兔的活动，想以他为捕食对象。隐蔽得很好的弓箭手看到鹰，瞄准了一射，使他受了致命伤。鹰看看这射中他心脏的箭，一眼就看出箭尾的羽毛正是自己的，不由得叹道：“致我死命的箭上，用的竟是我翅膀上的毛羽，这使我加倍痛苦。”

意识到不幸出于自己的过错，那么这种不幸就更加苦涩。

339 鹰和猫头鹰

鹰和猫头鹰多次争吵后，发誓永远做朋友，永不伤害对方的孩子。猫头鹰说：“你认得我的孩子吗？如果不认得，那我担心他们碰上你要倒霉。”鹰回答说：“倒是不认得，我从没见过他们。”猫头鹰说：“那你损失很大；他们是世上最美最可爱的小东西。眼光多亲切！羽毛多迷人！真是楚楚动人！现在我做了描绘，你就认得了。”不久之后，鹰在树洞里看到一窝小猫头鹰，自语道：“这些吓人的丑东西，瞪着怪眼，无论如何不可能是猫头鹰的孩子，我可以完全放心地吃掉他们。”说着，就拿他们果腹。猫头鹰发现孩子都没了，就对鹰大骂起来。鹰说：“别骂了，这要怪你自己。你对他们的描绘那么美那么靓丽，我认不出他们可不是我的错。”

不要让爱心蒙蔽了真情。

340 鹰和农夫

鹰紧追鸽子，却撞进麦地里为了捉乌鸦而设的网。农夫见他在网里扑腾，便来把他捉住。鹰可怜巴巴地央求农夫放了他，说他从没得罪过人。农夫抢白道：“那我倒要请问，你死死追着的鸽子哪里得罪了你？”随后他二话不说，当即扭断了鹰的脖子。

要人家怎样对你，就怎样对待人家。

341 鹰和隼

悲不自胜的鹰栖在树枝上，边上有只隼陪着。隼问道：“你为什么看上去这么悲伤？”她回答道：“我想找个般配的伴侣，却一个也找不到。”隼接口道：“那就找我吧。我比你身强力壮得多。”“是吗，靠你的掳掠，能确保生计吗？”“哦，我经常抓住鸵鸟，凭爪子就把他们带走。”鹰被这些话打动，就让隼做她配偶。婚礼后不久，鹰说：“飞出去吧，照你答应过的那样，替我抓只鸵鸟来。”隼高高飞向天空，回来时带着糟得不能再糟的老鼠，而且在野地曝尸过久，那老鼠已经发臭。鹰问道：“这就算忠实履行了你许下的诺言？”隼回答道：“为了高攀你这位猛禽之王，我什么诺言都会许下，尽管当时就知道，我绝对没法兑现。”

342　鹰、鹩哥和喜鹊

鹰王的宫廷完全是正式宫廷的气派，所有的羽族臣民上朝时，毛羽必须是最佳状态。但是，这君臣聚集一堂的场合虽然严肃庄重，却常受到不当举止的干扰破坏，因为有两个好高骛远的家伙自命不凡。这就是鹩哥和喜鹊，他们总争着要压倒对方，互不相让，闹得不可开交。最后，双方同意把这重大事件提交上去，由鹰王圣裁。结果鹰王庄严宣布，他为了避免招来怨恨，不想做出有利于任何一方的明确决定，只给一条判断标准，让他们自行解决。他说：“以后，更傻的一方应当居先；至于谁更傻，我让你们俩自己决定。”

别自以为了不起，免得被人看不起。

343　鹰、猫和母野猪

鹰在高大的橡树顶上筑巢。猫在这树的中段发现了合适的树洞，便在里面生了小猫。树根边有个洞穴，母野猪就带着猪崽在那里栖身。他们本可长期和谐相处，但是猫很刁，她爬上了鹰巢说：“很不幸，人家正准备消灭你，也消灭我。也许你已看到，母野猪每天都在刨地，为的是刨倒这棵树，抓走我们两家的孩子，去喂她的小猪。”

猫的这番话，把鹰吓得没了主意。接着，猫又溜到猪洞里说："你的孩子们大祸临头了。只要你带小猪出去觅食，鹰就飞扑而下，抓走你一头小猪。"她让母野猪听得满心害怕，便离开猪窝，假装自己也要躲进树洞。到了天黑，她悄无声息地出去，为自己和小猫猎取食物；但是在整个白天，她装出害怕的样子，留神观察。与此同时，鹰出于对母猪的担心，总是栖在树枝上；而母猪出于对鹰的害怕，不敢离开洞穴。就这样，两家大小活活饿死，给猫和小猫提供了大量食物。

信任过多还不如信任过少。

344　鹰与狐狸

鹰同狐狸成了朋友，决定比邻而居。于是，鹰在高高的树上筑巢，狐狸则钻在下面矮树丛里产崽。他们做邻居后不久，有一回狐狸出外觅食，鹰由于没有喂小鹰的食物，就一掠而下，抓了小狐狸，让自己和小鹰们大吃一顿。狐狸回来，发现了这件事，虽然很难过，但更使她难过的是没能力报仇。但世间自有公道，鹰马上就遭到了报应。她看到村民用山羊做牺牲，供在祭坛上，便在那里飞来飞去，接着突然抓起一块羊肉，带到窠里。不料这肉上还沾着火星，不一会儿，劲吹的风把这火星扇成火焰，而那些小鹰毛羽未丰，没法逃生，只能在窠中听凭烟熏火燎，然后摔死在大树底下。这时，狐狸当着鹰的面，把小鹰一只只全吃下了肚子。

以牙还牙。

345　鹦鹉

有位鳏夫想到已故的健谈妻子，为了在某种程度上弥补那种谈话，也为打发孤寂的时间，决定买一只鹦鹉。为此，他找到鸟贩子，看到各种鹦鹉。这些鸟向他展示多嘴多舌的才华：头一只模仿城里叫卖声，第二只向他要杯葡萄酒，第三只大声叫车。这时他看见不远

处有只绿鹦鹉，若有所思地栖在那里，就招呼他："你这位先生一本正经，不声不响。"这鹦鹉回答得像位哲学家："我想得多。"这聪明话让鳏夫听了开心，觉得这短短一句已显露其才华，想来其才可以大用，于是当即付钱把鸟买回家。但是教了他整整一个月，他还是重复那让人生腻的老话"我想得多"。鳏夫非常失望，怒骂道："我已看出，你是个无可救药的笨蛋；而我呢，只因为你做出一本正经的样子，就以为你大有能力，更是笨上十倍。"

智慧的面貌有时候虽庄重，但庄重也常是无知的伪装。

346　鹦鹉与家养白鼬

有人买来鹦鹉，让他在屋里随意飞。这鹦鹉经过驯养，跳上壁炉后栖在那里，欢欢喜喜地咯咯啼叫。家养白鼬看见了，问他是谁，哪里来的。鹦鹉回答说："是东家买来的。"白鼬说："你这不知羞耻的东西！刚来这里，竟敢如此大呼小叫！我生在这屋里，东家还不准我叫呢——偶尔一叫，他就打我，把我扔出门去！"鹦鹉回答说："那就去你的吧！你我之间没什么可比的。我的嗓音跟你不同，不会惹恼东家。"

评论者如果心怀恶意，总可对人家有所非议。

347　鸢与鸽子

鸢在鸽棚附近飞来飞去已有多天，好几次想抓鸽子都扑了空，因为鸽子比他灵活。最后他决定用计。有一天，他借机向他们宣告，阐明了自己正义的良好意向，说只想保卫鸽子自古享有的权利和待遇，最关心他们对入侵的恐惧和疑虑，特别是他们对他的不公正的无端猜疑，就好像他要武力推翻他们的体制，建立统治他们的残暴政府。他说，为防止这一切并彻底使他们安心，他认为合适的办法是向他们提出结盟条件与和约条款，使彼此的良好理解永远持续下去。其中基本一条是：他们应认他为王，让他享有王者特权和统治他们的权力。单纯而可怜的鸽子同意了。鸢的加冕宣誓极其庄重，鸽子一方也宣誓效忠与诚信。但没过多久，这“善良的”鸢声称，他王权中的一条就是：只要他高兴，随时可吞吃一只鸽子。落到这可悲境地的鸽子彼此说道：“唉，我们只配如此！为什么让他进来呢？”

人如果自愿把权力交到暴君或敌人手里，发现这被用来对付他自己，那不足为奇。

348 云雀和她的小鸟们

早春时分，云雀在青青的麦苗地里做了巢。现在，她的一窝小鸟快长足力气，有一身丰满羽毛，几乎可展翅而飞。这时，麦地主人来看庄稼，见都已成熟，说道：“时候到了，我得请所有的邻居来帮我收割。”小云雀听到这话，便告诉母亲，问她搬到什么地方去才安全。她回答道：“儿子，现在还不必搬走；这人只是请朋友来帮他，说明还不是真下了决心。”过了几天，麦地主人又来了，看到麦子熟过了头，穗子上的麦粒已落到地上，说道：“明天我就带手下人来，还要尽可能多雇些收割的人，把麦子全收进来。”母云雀听了这话，对一窝小鸟说：“孩子们，现在是离开的时候了，因为那人已下了决心，不再把希望寄托在朋友身上，而是要亲自来地里收割。”

一切帮助里，自助数第一。

349 知更鸟与麻雀

知更鸟在乡间小屋旁的树上歌唱，正在茅草屋顶上的麻雀趁机斥责他：“你这老气横秋的嗓音低沉又单调，还想赶超春天鸟雀的啼唱？你那啼叫有气无力，哪能与歌鸫和乌鸫或者云雀和夜莺相比，他们的曲调或轻快活泼，或变化多端，很多别的鸟唱得比你好，但是听到他们的歌，向来就只能默默羡慕。”知更鸟答道：“下判断至少要公

道；你别把爱唱歌归罪于勃勃野心，因为这有时可能出于对艺术的爱，是这种爱的自然流露。有些鸣禽的名声历了多少世代的考验，我敬重他们，但绝不妒忌。他们的歌声曾让山岭和山谷着迷，但他们的季节已过去，他们的歌喉已沉寂。我根本没有超过或赶上他们的野心；我歌唱的动机谦卑得多，所以当我试图仿效所爱的曲调，努力让这抛荒的山谷有点欢声时，可希望得到谅解。”

赶超若是僭越，模仿就可原谅。

350 朱顶雀与蝙蝠

开着的窗口挂着鸟笼，笼中的朱顶雀入夜就歌唱。蝙蝠在远处听到他的歌声，就来问他，为什么白天不声不响，只是在夜晚歌唱。朱顶雀说：“我夜晚唱歌自有道理，因为正是在白天唱我才被捉，所以后来就学乖了。”蝙蝠回答说：“现在你这么警惕有点晚了，应该在被捉前想到这点。”

灾祸既已临头，懊悔于事无补。

351 飞鱼和海豚

飞鱼被海豚追赶，为了逃生就游进浅水，见海豚仍紧随在后，就朝岸边游去，但被浪卷起，高高地甩向干燥的沙滩。海豚急于追赶，一下子冲到岸上却回不了水里。飞鱼见海豚的处境同他一样，说道：“现在我死也甘心，因为看到敌人遭遇同样的命运。”

352 海豚、鲸鱼和小鲱鱼

海豚和鲸鱼之间爆发大战。战事最激烈时，小鲱鱼把头探出水波说，如果交战双方接受他仲裁，他可使他们和解。海豚回答道：

“我们宁可死于战斗，也不愿让你插手我们的事。”

353　河鱼和海鱼

有条大狗鱼生活在淡水里，却被激流带进大海，处身于海鱼之中。他自认为出身高贵，很看不起他们。一条陌生小鱼对他说：“你自以为身价很高，但如果我们命运不济上了市场，你就会发现，在那里的人看来，我比你吃香得多。”

价值不由大小决定。

354　金枪鱼和海豚

一条金枪鱼被海豚追逐，急忙朝岸边逃窜。海豚渐渐接近了他，刚要张口咬住，他却冲上了海滩，紧追不舍的海豚也随着冲上海滩，于是他俩都喘着气瘫在沙地上奄奄一息。金枪鱼见对头同自己一样必死无疑，说道：“现在我死也甘心，因为促成我死亡的他跟我是一样的命运。”

355　鳟鱼母女和鲑鱼

五月份，有人站在河边用假蝇钓鱼。他把这个饵甩出去很有技巧，一条小鳟鱼刚要冲过去吃，她母亲拦住她说：“停下，孩子！有可能发生危险的地方，千万别过于匆忙。有些行动有生命危险，事先要花点时间好好考虑。但怎么才知道那的确是蝇，或只是敌人下的饵呢？那就让别人先去试。如果是蝇，可能会躲过第一次攻击，这样就算不成功，至少仍安全，可做第二次攻击。”她这番告诫刚讲完，一条鲑鱼过来咬住假饵，于是上钩被捉。

碰上陌生地方，进去可别匆忙。

八　人

356　两个兵和一个强盗

两个兵结伴旅行，受到一个强盗袭击。一个兵溜之大吉，另一个毫不退却，以自己有力的手自卫。强盗被杀后，那个胆怯的伙伴奔过来，抽出了剑，又把赶路时穿的大氅往后一甩说："我来对付他，一定得给他些教训，让他知道在袭击什么人。"听了这话，先前同强盗奋战的兵答道："要是你刚才帮我一把就好了，哪怕光是说这几句话也行，因为我会相信这话出自真心，从而使我勇气百倍。但现在你还是把剑插回鞘子，闭上嘴巴，因为你的舌头同你的剑一样，已毫无用处，除非今后用来欺骗不了解你的人。我已见识过你逃起来多快，所以清楚知道，对你的勇气不能有丝毫信赖。"

如果是懦夫，很快就显露。

357　骑兵与马

骑兵刷拭着坐骑，发现掉了个蹄钉，但拖延着没有当时就补敲一个。不久军号声催他归队，随即他奉命迅速挺进并冲向敌人。在激烈战斗中，松动的马掌掉落了，他的马开始一瘸一拐的并终于失足，他被摔在地上，立刻被敌人杀了。

小处疏忽，大处吃苦。

358 病人和医生

病人在医生那里治了一段时间，结果仍不治身亡。医生在他葬礼上走来走去，对那些亲属说："你们这可怜的亲人如果肯不喝酒并注重养生，就不会躺在这里。"有人回应道："现在说这话实在是白说。你该在病人活着的时候给他这忠告。"

忠告可能非常好，可惜来得不够早。

359 捕鸟人和毒蛇

捕鸟人带着粘鸟胶和杆子出门捉鸟，看到树上栖着歌鸫，便想捉住它。他把杆子接到相当长度，全部心思在那鸟上，眼睛一直仰视着。就这样，他不经意地踩到睡在他脚前的毒蛇。毒蛇转头咬了他一口。他在即将昏迷时自言自语："我真倒霉！想捉住那一个，自己却不知不觉跌进死神陷阱。"

360 捕鸟人、山鹑和公鸡

捕鸟人刚坐下，准备吃野菜充饥，不料来了朋友。由于他还没捉到鸟，捕鸟机里一无所有，他就准备杀花斑山鹑待客。这山鹑已被他驯养，用来诱捕鸟兽，这时急忙请求饶命，说道："要是没有了我，你下一次布下罗网时怎么办？谁来啼鸣给你听，给你催眠呢？谁给你招引整群整群应声而来的鸟？"捕鸟人放过了他，决定杀掉刚长好鸡冠的小公鸡。小公鸡站在窝上，可怜巴巴地哀告道："要是你宰了我，谁给你报晓？谁每天叫醒你，让你开始工作？谁会在早晨给你报时，叫你去看看捕鸟机？"捕鸟人答道："你的话没错，在报时方面你是一流的。可是，我和来访的朋友得吃顿饭哪。"

情急之下，不知有法。

361 捕鸟人与乌鸫

捕鸟人在张起罗网，乌鸫见了好奇，忍不住飞了过来，彬彬有礼地问那人在干什么。捕鸟人回答说："我在为你和你的同类造个舒服的小屋，里面有食物和各种有用的东西。"说罢他转身走开并躲了起来。乌鸫信以为真，但一进罗网便被捉住。他对那人说："如果你造屋是为了施展奸计，那我希望居民越少越好。"

统治者言而无信，其国必亡。

362 财迷与喜鹊

财迷在桌上数着一堆堆金币，从笼中逃出的喜鹊过来，偷偷叼了一枚跳开。这财迷数钱向来数两遍，马上发现少了一枚，慌忙站起来，看到偷钱贼把金币藏进地板缝，就对他喊道："你这种贼最坏！抢了我的金币，既没有这种需要，又不管其用途！对如此恶行，你必须付出生命的代价！"喜鹊回答道："说话客气点，好老爷；与你欺瞒公众相比，我对你的损害有何不同？而用钱的情形不也同你一样？我藏了一枚金币就该死，那么请问，你藏了成千上万枚金币，该当何罪？"

要纠正别人的错误，自己的也要记住。

363 浇水的菜农

有人走过正在浇水的菜农身边，就停下问他，为什么野菜长得繁茂茁壮，而家种的却病病歪歪。菜农的回答是："因为土地是野菜的亲娘，是家种菜的后妈。"

后妈给的营养，哪比得上亲娘。

364 乘客和船老大

海上起了大风暴，全船人随时面临沉船危险。后来滚滚波涛略有平息，有个乘客从未到过海上，见船老大表现得若无其事，甚至最危险的时刻也镇静自若，不由感到好奇，就和他谈起话来，其间问到他父亲怎么死的。船老大答道："怎么死的？哦，死在海上，同我祖父一样。"乘客又问："这说明，大海是吞噬你家人的地方，那你把自己交托给大海，难道就不害怕？""害怕？怕什么！反正人总要死的。你父亲死了吗？""死了，但他死在自己的床上。""那么，你为什么不害怕，还是睡到床上去？""因为我在床上十分安全。"船老大说："这倒也可能，但老天之手可伸到任何地方，我来海上同你去床上一样，没有理由更害怕。"

信念是绝对的，而非相对的。

365 丑角与乡下人

有个富贵之人开了家剧场，让老百姓免费看表演；他还发布公告，说开张之际，任何人要是能搞出新的有趣节目，他将给厚奖。各种做公开表演的人为了获奖，都来参加角逐。其中来了个丑角，他的说笑逗乐在百姓中颇有名气。他说，他这回表演的节目，从不曾上过舞台。这消息一传开，在当地造成轰动，剧场里挤满了观众。这丑角独自登台，既没任何道具，也没搭档。这时全场寂静无声，大家都怀着强烈的期待心情。突然，丑角把头俯向胸部，发出几声小猪的尖叫。他模仿得极像，观众都说他大氅里肯定藏着小胖猪，要他把猪抖搂出来。他照他们的要求做了，大家发觉什么也没有，便向这位演员欢呼，为他大鼓其掌。观众里有个乡下人，看到发生的一切，说道："赫拉克勒斯，请帮我一把，他这把戏赢不了我！"他立即宣布，要在第二天做同样的表演，而且要自然得多。第二天，剧场里观众更多，场上的气氛显然偏袒那众人爱戴的演员，观众与其说来看表演，不如说是来笑话那乡下人。两位表演者登台后，丑角先发出小猪那种呼噜呼噜声和尖叫，并像头一天那样，博得观众的掌声与喝彩声。接下来，乡下人开始表演，他做出自己衣服里藏有小猪的样子（事实上也正是这样，但观众没想到），又探手进去猛拉猪耳朵，小猪尖叫起来，这可是猪真的在叫，在表示痛苦。但观众大喊大叫，认为丑角模仿的猪叫逼真得多，吵吵嚷嚷地要把乡下人赶出剧场。这时，那乡下人从大氅里托出小猪，明确证明他们大错特错。他说："你们瞧，你们的判断力差到什么地步。"

有先入之见，克服很困难。

366 一对仇人

一对死敌同乘一条船。为了尽可能远离对方，一个坐在船尾，一个坐在船头。后来起了大风暴，船随时有沉没危险。船尾的人问船老大，是船头先沉还是船尾先沉。船老大回答说，他想是船头先沉。听了这话，那人说："只要能看见我的仇敌死我前面，我死而无憾。"

367 出门人与他的狗

有人马上要出门旅行，却看见他的狗站在门口伸懒腰。他厉声问狗："你干吗站在那里打哈欠，伸懒腰？现在一切都准备妥当，只等你了。快跟我出发。"狗摇着尾巴答道："主人哪！我早准备好了，是我在等你呢。"

磨磨蹭蹭的人，常怪他敏捷的朋友耽搁时间。

368 钓鱼人和鲑鱼

河边的钓鱼人没想钓大鱼，所以用的钓具精致细巧，钓丝只是一根细线。但上钩的却是大鲑鱼，他心想，若处理不当，他这套细巧东西非毁掉不可。于是他小心翼翼，避免一切硬扯猛拉动作，玩起了欲擒故纵之术，最后收服了这猎物，稳稳拉到岸上。因为这条大鲑鱼为努力逃脱，把自己弄得精疲力竭，只能听凭一根细细钓丝的摆布。

很多事蛮干做不成，靠的是耐心和审慎。

369　丢失铁铲的人

有个人在葡萄园里掘土，一天来干活的时候，发现铁铲不见了。他觉得很可能是某个雇工偷的，就一个个仔细追问，但他们都否认同这事有任何关系。他不信他们的话，坚持要他们去城里的神庙发誓说没偷。因为他不大相信比较单纯的乡下神祇，认为城里的神祇比较精明，偷东西的人混不过去。他们刚进神庙大门，就听到宣读公告，说是神庙失窃，凡能提供破案线索者有奖。这人自言自语道："我想还是回去吧。这里的神既然不知道谁偷了自己庙里的东西，恐怕也不可能告诉我谁偷了我的铁铲。"

不起作用的神根本就不是神。

370　肚子和身体的其他部分

身体的其他部分都起来造肚子的反，说："干吗我们总是为满足你的欲望而忙碌，你却什么也不干，不是休息，就是穷奢极欲地享受？"于是他们决定一致行动，拒绝对肚子的支援。整个身体很快就衰弱下来，四肢、嘴巴和眼睛都为自己的愚蠢后悔不迭，但为时已晚。

没有谁可专为自己而活，还必须考虑邻人的需要。

371　发现金狮子的人

胆小的财迷偶尔看到一座纯金的狮子像，但又不敢拿，管自说道："天哪，不知这出奇的好运会带来什么后果！我可吓坏了。我爱财又胆小，真是左右为难。这难道完全是运气？肯定是某位神灵做了这金狮子，放在这里，等我来发现。我爱黄金，却又怕这金像——我的欲望说：'拿着！'但怯懦的本性说：'别拿！'——我的心要被撕成两半了。变化无常的运气啊！你既把自己给了我，却又不让自己被拿走。嗐，这黄金没让我开心！嗐，神灵的恩赐成了扎手的棘刺！而如果拿了它又怎样？我怎么用它？我究竟能怎么办？哦，有办法了。我这就去把仆人们叫来，自己躲得远远的，看他们把这金狮子搬回去。"

有钱人，既不敢碰自己的财宝，又不敢用：这是他们的写照。

372 匪徒与桑树

匪徒在路上杀人，发现附近恰好有些人看到并跑了过来，就撇下鲜血淋漓的受害者逃跑。迎面来的路人问他为什么手上有血，他说刚从桑树上爬下来。正这么说着，后面那些人追上来把他捉住，要在就近的桑树上吊死他。桑树对他说："让我来一起处决你，我并不内疚。是你犯了杀人罪，却把血债赖在我身上。"

本性善良者如果遭到诋毁，不会放弃表明怨愤的机会。

373 夫和妻

有个汉子娶了老婆，家里的人个个讨厌这新妇。丈夫想探究一下，老婆在娘家是否也这样招人嫌，就找个借口，打发她回娘家探视父亲。不久妻子回来，丈夫问她在娘家过得好不好，下人们待她如何。她答道："那些牛倌、羊倌看我时，眼光里都很嫌我。"丈夫说："老婆啊，那些人一早赶着牛群羊群出去，晚上才回来，连他们都讨厌你，那你想想，有些人整天同你待在一起，他们有什么感受？"

看麦秆怎么动，便知吹的什么风。

374 父亲和儿子们

一位父亲有很多儿子，他们老是争争吵吵。父亲再三规劝，他们还是争吵不休，于是他决定用实际例子教育他们，使他们明白不团结的害处。为此，有一天他叫他们拿一捆柴枝来。待他们拿来后，他把这捆柴交到儿子们手中，要他们轮流试试，看能不能把整捆柴折断。儿子们一个个用足了劲试过，但没人做得到。接着，他解开那捆柴，把柴枝一根一根分别交给几个儿子，这样，他们就轻而易举地把柴枝全折断了。这时，他对儿子们说道："孩子们，如果你们齐心合力，互相帮助，你们就像这捆柴一样，任敌人费尽心机，也没法伤害你们；但如果你们四分五裂，那就像这些柴枝一样，很容易被各个击破。"

若一家自相纷争，那家就站立不住。①

375 父亲和两个女儿

有位父亲有两个女儿，一个嫁给种花养草的，另一个嫁给制砖做瓦的。后来，他去看望嫁给园丁的女儿，问她身体可好，境况如何。女儿说："我诸事顺当，唯一的希望，就是下一场大雨，让花草湿个透。"不久，他去看望嫁给制砖匠的女儿，同样也问她日子过得如何。她答道："我什么都不缺，只希望天气一直好下去，天天有暖烘烘的大太阳，让砖坯干得快些。"父亲对她说："你姐姐希望下雨，你希望天晴，我的希望该同哪个一致呢？"

人人的祈求都应验，没有一个人会高兴。

376 富翁和鞣皮匠

富翁是鞣皮匠近邻，受不了鞣皮作坊的臭味，就催逼这邻居搬

---

① 语出《新约全书·马可福音》第 3 章第 25 节。1858 年美国总统林肯在其著名演说中也有此言，而《马可福音》中此言的前一节是："若一国自相纷争，那国就站立不住。"

走。鞣皮匠答应很快就搬，但搬迁的日子一拖再拖。日子一长，富翁对那气味倒也习惯了，不再有嫌恶之感，也不再口出怨言。

小烦恼，时间能磨掉。

377 耕夫与狼

耕地的农夫把拖在牛后面的犁解下，牵着牛去饮水。他不在的时候，饿得半死的狼出现了，走向拴犁的皮带就咬了起来。他饥不择食，拼了命又咬又嚼，却不知怎么被皮带缠住，惊吓之中挣扎着想要脱身，拖动了犁。耕夫正好回来，见此情景就叫道：“啊，你这个老无赖！但愿你从此改行干点正事，永远别再偷鸡摸鸭啦！”

人家辛苦获得的东西，盗贼要取得却很容易。

378 弓箭手和狮子

百发百中的弓箭手进山打猎。山林中所有的野兽见他来了，纷纷逃窜，只有狮子向他挑战，要同他厮杀一场。弓箭手边射箭，边对狮子说：“我先派个使者来会你，通过他，你就得知，等我来攻击你，我本人将有多大威力。”狮子中箭受了伤，吓得连忙逃之夭夭。狐狸劝他拿出勇气来，不要刚打第一个回合就落荒而逃。狮子答道：“你劝我也是白劝；因为，他派来的使者就这么厉害，他本人发动攻击的话，我哪里还受得了？”

能从远处发动攻击的人，绝不是令人愉快的邻居。

379 弓箭手和他的猎犬

弓箭手走在田野里，跟着他的老猎犬经验丰富。主人无意中惊起一只鹬鸟，几乎同时，一窝鹧鸪也扑翅飞起。弓箭手顿时一怔，想射这个又想射那个，结果两头落空。老犬对主人说："你不能同时有两个目标。要是鹧鸪没让你看花眼，引你去射，你很可能射到鹬鸟，因为射他比较容易。"

分散了注意力，目标常会落空。

380　三个工匠

有座大城市受到围攻，城中居民给召集在一起，商量抵御敌人的最佳办法。在场的砌砖匠大力推荐用砖块，说这是御敌的最有效材料。木匠同样慷慨激昂地建议用木料，认为在防御方面，这更可取。他的话声刚落，制革匠起来发言道："先生们，我同你们看法不一样，因为在防御中，最好的办法是蒙上一层皮革，任何防御材料也没有皮革好。"

人各为己。

381　雇工与蛇

农舍门口边有个洞，蛇进去住下，不久把那农家的婴儿猛咬一口。婴儿死后，他父母极为伤心，做父亲的决意报仇。第二天，蛇出洞觅食，这父亲便操起斧子砍下，但匆忙中没砍中蛇头，只从那蜿蜒游去的蛇身上砍下尾巴。过后他害怕起来，唯恐蛇来咬他，很想讲和，便往蛇洞里送面包和盐。蛇嘶嘶有声地说："从今以后，我们不可能和平相处。因为，我看见你，便想起我失去的尾巴；你看见我，会想起你失去的儿子。"

我们面对伤害者，不会忘记他造成的伤害。

382　雇工与夜莺

夏天里夜莺唱着歌，雇工一整夜躺着听，很是着迷，第二天夜里做了机关把夜莺捉住，高兴地叫道："现在我捉住了你，你得一直为我唱歌。"夜莺回答说："我们在笼子里从来不唱。"雇工说："那我就吃了你。我一向听说烤面包夹夜莺是一道美味。"夜莺说："你别杀我。你让我自由，我就告诉你三件事，那比我这小身体有用得多。"雇工放了她。她飞到树上后说道："第一，绝不要相信俘虏的许诺；第二，到手的东西别放手；而我第三条忠告是，别为永远失去的东西难过。"说完，她就飞走了。

383　寡妇和羊

穷苦的寡妇只有一只羊。到了剪羊毛时节，她想剪羊毛，却不愿花钱雇人，便自己动手。但她使用剪子不当，结果连肉也给剪了下来。羊痛得浑身抽搐，说："我的女东家，我的血能给我的毛增添多少重量？如果你要我的肉，反正有专门杀猪宰羊的人，他一刀就能结果我；如果你要我的毛，有专剪羊毛的人，他能剪下我的毛，却不会伤着我。"

开支最少，未必总是收获最多。

384　孩子和青蛙

几个男孩在池塘边玩耍，看见水里有许多青蛙，便连连用石块扔他们，砸死了好几只。这时，有只青蛙把头探出水面，大声叫道："请别扔了，孩子们！这在你们是玩玩而已，对我们却生死攸关。"

每个问题都有两个方面。

385　几个航海人

几个人登船出海，来到海上后起了大风暴，船有沉没的危险。

这些乘客个个撕扯着自己的衣服，流着泪哀求他们的保护神，许愿说只要船不沉，让他们死里逃生，就一定献祭报恩。过后，风暴平息，海上波平浪静。于是他们尽情欢乐，又是跳舞，又是到处乱跳乱跑，就像从飞来横祸里逃得了性命。这时，坚毅的舵手猛地站起说："朋友们，咱们就开心开心吧，但开心时也要想到有可能再遇上风暴。"

成功了不必过于得意，世事无常倒是要牢记。

386　被俘的号手

战场上，号手引领着战士前进，却被敌人俘获。他对捉住他的人叫道："饶了我吧，别不问情由就无缘无故杀我。你们军队里的人，我一个没杀过。我根本没武器，身上带的只有这铜号。"敌人说："正是为了这个，我们得处死你；因为，尽管你自己不动手，你的军号却鼓动所有的人投入战斗。"

给坏人帮忙，也是罪一桩。

387　黑人

有人买了黑奴，人家哄他说，黑奴先前的主人疏忽了，没让他把身上污垢洗干净，所以成了这肤色。新东家把他带到家里，用尽办法让他洗了又洗，擦了又擦，弄得他患了重感冒，但他的肤色毫无改变。

骨子里生成的东西，皮肉上难擦也难洗。

388　挤奶女和奶罐

农家姑娘头顶着奶罐从田头回家，边走边想："把这罐奶卖了钱，至少能买三百个鸡蛋。这些蛋就算遭到种种损失，总还会孵出二百五十只小鸡。待到禽类的价格涨到最高，这些鸡也已长大，可以上市。所以到年底，我能得到一份外快，足可供我买件新衣裳。我穿上这新衣，去参加圣诞节的欢庆活动。那时，所有的小伙子都会来向我求婚，可是我摇摇头，把他们一个个回绝掉。”她心里这么想，头也就这么动起来，于是奶罐摔落到地上，转眼间，她想象中的一切计划都化为泡影。

蛋还没有孵，别先数鸡雏。

389 浪荡子和燕子

有个年轻人挥霍成性，很快把继承的遗产花光，只剩一件好斗篷。他偶尔看到来得太早的燕子，见它在水塘上翻飞，听它在快活呢喃。浪荡子以为夏天到了，便卖了斗篷。没过几天，又来了冷空气，变得天寒地冻。这时，他看见不幸的燕子冻死在地上，说道：“倒霉的鸟呀，你都做了些什么！春天还没到，你就抛头露面，这一来，你不单自己找死，也害死了我。”

流言蜚语不可轻信。

390 老妇人和酒罐

酒罐原先装着上好的陈酒，现在罐子空了，依然酒香扑鼻。老妇人发现了它，几次三番捧到鼻子前使劲嗅。她把这罐子捧起又放下的时候说：“味道好极啦！连酒罐上还留着这么好的香味，那酒的滋味真不知怎么好呢！”

行善必将留芳。

391 老妇人与医生

老妇人双目失明，请来医生治疗，并当着证人的面讲定：如果医生治好她的眼病，她就付款；如果她病情依旧，便一文不给。条件讲妥后，医生一次次来给她的眼睛敷药，同时，每次也总带走一些东西。这么一点一点带，等他把病人的财物全都偷走，眼病也治好了，他便要求得到讲定的报酬。老妇人重见光明后，看到屋里空空如也，不愿付钱。医生坚持要钱，因老妇人始终拒付，便把她告到雅典执政官跟前。老妇人在法庭上说道："这人说的情况是事实。我确实答应过，只要我恢复视力，就付他一笔钱。但如果我还是看不见东西，就什么也不给。现在，他说已经治好了我，我却说照旧看不见。因为失明前，我看见家里有许多家具、器皿和值钱东西；可现在，尽管他发誓说他已治好我的失明，我却看不见家里任何东西。"

无赖反被无赖欺。

392　老人和死神

老人在林子里砍了柴，背到城里去卖。由于距离远，他走得累极了，就把柴往地上一扔，在路边一坐，请死神快来。死神听见叫唤，当即出现在他面前，问道为什么叫他。老汉说："要你提起这些柴，放到我肩膀上。"

想象中希望的常常是现实中懊悔的。

393　老师与学生

老师走在学校附近的河岸上，听到呼喊，像有人遭遇了意外。他看到自己的一个学生在河水里，拉住了柳枝。看来这男孩本是抱着软木在学游泳，但自以为不需要软木就抛在了岸边。水流已把他冲到较深的地方，幸好及时拉住岸边垂下的柳枝，否则早已没命了。老师捡起岸边的软木扔向学生，对他说："这件事对你是个警告。以后在生活中，除非对自己的力量和经验有充分把握，否则游泳时绝不要丢开软木。”

过于自信就是愚蠢。

394　猎人和渔夫

猎人带着狗从野地回来，碰巧遇见渔夫带着一篮子鱼回家。猎人希望得到鱼，而鱼主人对装猎物的口袋也有兴趣，希望得到袋里的东西。他们很快同意交换，对调一天的渔猎所得。双方对这交易都满意，便日复一日交换下去。过了一阵，有邻居对他们说：“你们这样继续下去，次数一多，由交换而得来的乐趣很快丧失，双方又将希望保留自己渔猎中的收获了。”

有节制，才有享受。

395　猎人、狐狸和猛虎

猎人看到田野里有只狐狸，毛皮很漂亮，就想活捉他。他找到狐狸的洞穴，在洞口挖了又大又深的坑，上面用细树枝和麦秆掩盖，又在那中间放上马肉。布置好了，他就去隐蔽角落躲起来。狐狸回洞时闻到肉味，就上前观察是什么美味。见到是块肉，他很想尝尝，但害怕其中有诈，没有轻举妄动，而是溜进洞穴。很快，马肉引来了饥饿的猛虎，他匆忙地一头扑过去，掉进了深坑。猎人听见猎物掉进陷阱，连忙奔来，看也不看就跳进坑里，以为掉进去的必是狐狸，不料却是猛虎。结果当然不问可知。

要先瞧后跳。

396　猎手和伐木人

猎手胆子不大，却在追踪狮子。他看到有人在林中砍伐橡树，便问对方是否看见狮子脚印，或是否知道狮窝在哪里。伐木人说："我马上可以让你看到狮子。"猎手吓得面如土色，上下牙齿捉对儿厮打，颤声答道："不用了，谢谢你。我不是问这个，只是想找到他的踪迹，不是找狮子本身。"

造就英雄的，不仅有言辞，而且有行动。

397　猎手和骑手

猎手用陷阱捕到一只野兔，把它背在身上回家。他在路上遇见骑手，那人要猎手把兔子给他，说是出钱买，但兔子到手后，他就尽快策马跑掉了。猎手跟在后面追，像是有把握追上似的。然而，骑手同他的距离越拉越开，他无可奈何，在后面喊道："你滚吧！现在我算把兔子送给你啦。"

398　两个性情迥异的旅人

两个性情迥异的人结伴出行。一个人垂头丧气，脑海里满是烦恼和思虑，时不时长叹道："我活着干啥！"另一个人走得轻松愉快，决意尽人事听天命，让自己保持好心情。那脚步沉重、心情忧伤的人问道："你怎么能这么快活？我们都是有原罪的人，我总担心将没有面包可吃，心都快碎了。"那快活的人答道："你这个人哪！我们自会有足够的面包。"不多一会儿，那哼哼唧唧的家伙又想到严重的情况，大发怨声道："要是我的眼睛一下子给弄瞎了，那多可怕！"说着，为体验这不幸，他闭上眼睛往前走。这时，同行者跟在他后面，随手拿了他装有金币的钱包，而他闭着眼睛，自然没看见——这是对他的惩罚，因为毫无自信，有眼而不用，否则钱包不会丢失。

你自己不去找幸福，幸福就不会来找你。

399　旅人和变色龙

两个人在旅途中为避役[①]而争论起来，你们都知道避役的颜色会变。但他们一方坚持说避役是蓝的，因为他亲眼见到这么一条，在晴天下的树枝上呼吸；另一方强调说是绿的，因为他在无花果树的大叶子上仔细观察过。双方言之凿凿，争论遂升级为争吵，幸好正有人走过，于是双方同意将争执交由其决定。这位仲裁者很得意，微微一笑说："两位先生真是好运气遇上我，因为昨晚我恰恰捉到一条；不过你们两位都错了，因为变色龙是全黑的。""黑的？不可能！"仲裁者很有把握地说："就是黑的。这事可立见分晓，因为我当时就立刻把他放进了小纸盒，这里就是。"说着，他从口袋里取出纸盒，打开一看——哇！这东西白得像雪！言之有据的争论双方同样感到惊奇而困惑，而这条聪明的爬虫摆出哲学家的架势告诫他们："你们这些人类童子要好好学习，发表意见要适可而止。当然，在这件事上你们碰巧都对；但是在今后，请容许别人也有你们一样的好眼力，而且，如果有人置其感觉于他人的感觉之前，你们也不要奇怪。"

别人的意见，也应当尊重。

400　旅人和命运女神

旅人走了很长的路，感到困乏不支，就在井边一躺，那下面就是深深的井水。据说，就在他快掉下去的时候，命运女神出现，把他从熟睡中叫醒，对他说道："好先生，醒醒吧。你若掉到井里，人家会怪我，我就在凡人中得了坏名声。因为我发现，人们遭了灾祸，尽管多数是自己干蠢事招来的，却总是归罪于我。"

各人或多或少是自己命运的主宰。

---

① 避役是蜥蜴的一种，体型较小且体色会变化，俗称变色龙。

401 旅人和乌鸦

几位旅人登程后，还没走远，有只独眼乌鸦在他们面前飞过。他们觉得这兆头不祥，有人就建议改变计划，至少当天回去为妙。但有人反对，这风趣开朗的旅人说："胡闹！如果这乌鸦能预见我们的遭遇，那他对自己的事该同样清楚。既然如此，你们想想，他是否会去那个让他瞎掉眼睛的地方？他会蠢到那地步吗？"

常识比占卜靠得住。

402 旅人和悬铃木

夏日骄阳下，两个旅人走得神困体乏，到了中午，就躺在伸枝展叶的大悬铃木下。两人歇在树荫下后，一个对另一个说："悬铃木这种树也真怪，竟然一无用处！既不结果子，对人一点好处也没有。"悬铃木插进来说："你这忘恩负义的家伙！一边受我照顾，在我树荫下休息，一边竟敢把我说成一无用处？"

有些人得到了最大恩惠，却不把这恩惠放在眼里。

403 三个旅人和牡蛎

两个人走在退潮后的海边，看见一只牡蛎，同时弯身捡起来。一个人推开另一个人，由此发生争端。正好第三个旅人走来，两人决定把这事交给他，让他来看牡蛎该归谁。争论双方正各讲各的，那个仲裁人一本正经地拿出刀子，撬开牡蛎壳，割下牡蛎肉。这时那两人话已说完，等他判决，只见他一脸严肃地把牡蛎肉吞下，给他俩一人一片壳，说道："法院判给你们每人一片壳，牡蛎肉用来支付诉讼费。"

谁想要公平，就得付出代价。

404　夸口的旅行家

有个人出国后回来，总爱自吹自擂，说到过很多地方，在各处干出很多轰轰烈烈的事。据他说，其中之一是他在罗得岛干的：当时他跳得很远，人家跳的距离都同他差了一大截——而且罗得岛上有许多人目睹，可以叫他们做证。边上有人打断他的话，说道："我说，好伙计，要是你讲的都是实话，根本就不用什么见证人。就当这里是罗得岛，现在你跳吧。"

眼见为实。

405　卖偶像的人

有人用木头雕了墨丘利的像出卖，但没人愿买。为吸引顾客，他叫卖起来，说他出售的是大施主的雕像，这位施主会赐人钱财，能帮人积聚财富。有个旁观者对他说："我的好兄弟，既然你说他是大施主，有这么多好东西给人，你自己就可以享用他的赏赐，为什么把他卖掉呢？"这人答道："我呀，现在急于得到帮助，而他赏赐好礼物向来很慢。"

406　卖肉的和两名顾客

两个人在市场的肉摊上买肉，卖肉的背过身去那会儿，一个顾客乘机捞来大块腿肉，塞进另一人的大氅里。卖肉的转回身子，发现少了肉，认定是他俩偷的。但拿的人说他并没有什么肉，而藏着肉的说他没拿过。卖肉的知道他们在蒙骗他，但只是说道："你们可以用谎话骗我，但骗不了天神，他们可不会轻易放过你们。"

搪塞接近做伪证。

407　盲人和狼崽

有个盲人惯于凭手感来区分各种动物。人家带来狼崽给他摸，要他说出是什么东西。他摸了摸，颇感犹豫地说："我不大能断定这是狐狸幼崽，还是狼崽，但有一点我十分清楚，就是放他进羊圈是不安全的。"

恶劣的倾向，早年就显露。

408　盲人和瘸子

盲人遇上难走的路，停了下来。这时来了瘸子，盲人求他帮忙脱离目前困境。瘸子回答说："我自己走路也极其艰难，怎么能帮你呢？我腿脚不行，而你看来身强力壮。"盲人说："我身体确实不错，只要看得见路，就可以走过去。"瘸子说："哦，那我们可以互相帮助。如果你肯背我，我们就一起努力。我做你的眼睛，你做我的腿脚。"盲人说："十分乐意，我们彼此效劳吧。"于是他背起瘸子伙伴，两人安全又快乐地一路向前去。

几乎所有的社会联系，都出自我们的匮乏无力。

409　磨坊主父子和驴子

磨坊主父子赶着他们家的驴子，到附近集市上去卖。走了没多远，看到一群妇女围在井边说笑。其中一个叫道："看哪，你们见过这种人吗？有驴子不骑，偏要辛辛苦苦走路。"老汉一听，马上叫儿子骑上驴子，自己高高兴兴在儿子身边走着。没多久，他们碰上一群争得难分难解的老汉。其中一个老汉说："瞧，这正好证明我刚才的话。如今，对老人还有什么尊敬可言？看见没有，那个偷懒的小伙子骑着驴子，害得他老父只能自己走。下来！你这小无赖，你老子的腿走累了，让他歇歇。"听了这话，父亲便叫儿子下来，自己骑上去。

他们这样走了没多少路，遇上一群带着孩子的妇女，只听见几张嘴同时开腔："你这老懒鬼，怎么能自己骑着驴子，让可怜的孩子吃力地跟在你边上？"好性子的磨坊主连忙拉起儿子，坐在他身后。这时，他们快到市镇了。

一个镇上居民见了他们说："请问你，可敬的朋友，这是你们自己的驴子吗？"父亲答道："是的。"对方说："从你们的骑法看，人家不会这么想。要说这可怜的畜生有力气驮你们，倒不如说你们两人更有力气抬它呢。"父亲说："能让你满意的事，我们就试试。"说着，他同儿子跨下驴子，把驴子的腿捆好，用扛棒一前一后扛起驴子，费劲地走上通往城门口的桥。这情景实在滑稽，逗得人群哄然大笑。驴子既讨厌那笑骂之声，也受不了对他的这种出格之举，就把捆他的绳子挣断，从扛棒上翻落到河中。这一来，老汉又羞又恼，连忙返回家中。这时他才明白，他虽然尽力使人人满意，结果非但不能使任何人满意，还白白损失了驴子。

想使人人都满意，结果人人不满意。

410　某音乐人

这人嗓音粗涩，但有个回音效果极好的音乐室。因为总是在这里练唱，他对自己的歌声非常自负，少不得要去大众剧场表演一番。结果他演得太糟，听众不仅把他嘘下舞台，还朝他扔石头。

揽镜自照，可能很喜欢自己，但世人并不就此爱上他；其中的道理是我们偏爱自己，但对我们的评价只来自他人看法。

411　母亲、保姆和小精灵

母亲早上进婴儿室去抱新生儿，保姆苦恼地扭绞双手，呜咽着对她说："太太，你儿子一定遇上灾祸了。夜里的什么时候，看不见的精灵弄走了他，换了丑得吓人的孩子。你孩子的五官本来多好看，多像他爸妈，可现在完全像个小傻瓜。”就在这时，钥匙孔里钻出个小精灵，快得像一道光登上了摇篮，站在那上面训斥保姆说：“哪来这种自命不凡的说法，说我们精灵给世上提供了大量傻瓜。我们同你们一样，也宠爱自己的孩子。哪里有这样的母亲，肯割舍自己的亲生骨肉？你们的傻儿子都出自凡胎，如果我们拿自家孩子来换，那倒真可以把我们当傻瓜啦。”

自大者什么缺点最大？总以为别人比不上他。

412　母亲和狼

狼早晨饿着肚子出外觅食，走过林中小屋的门前，听到屋里母亲对她孩子说：“你要乖一点，不然，我就把你从窗口丢出去喂狼。”于是狼蹲在门外，等了一天。到了傍晚，他听到那女人爱抚孩子时这样说：“宝宝现在真乖，要是狼来了，我们杀了他。”听到这话，又冷又饿的狼张口结舌地回了家。进窝以后，狼太太问他，怎么他一反常规，回来时这么倦怠无力，还饿着肚子。他答道：“哦，没错！——因为我听信了一个女人的话！”

吓唬话讲得越是狠，越没这样做的可能。

413　牧人和丢失的牛

牧人在森林中照看牛群，不料少了一头小牛。他找了好久，但毫无结果，就许了个愿，说是只要能让他发现偷牛贼，他就杀一只羔羊，献给赫耳墨斯、潘[①]和诸位森林守护神。过了不久，他登上一座小山，看到山脚边有头狮子正在吃那小牛。一见这情况，他吓坏了，

---

① 赫耳墨斯是希腊神话中众神的使者，多才多艺，职务众多，还是商人乃至赌徒和盗贼的保护神。潘是希腊神话中的山林、畜牧之神，人身羊足，头上有角，爱好音乐。

不由得眼睛望着天，高举双手说道："刚才我许了愿，说是只要让我发现偷牛贼，就宰一只羔羊，献给这林子的诸位守护神。现在，我发现了这强盗，但我愿意在那小牛之外，再加上一头长足了的大牛，只要能确保我本人安全逃走。"

414　牧人和讨好羊群的狗

牧人养着一条大狗，所以有生下来已死的羊羔或快死的大羊，常扔给狗吃。有一天，羊群正在羊圈里休息，他看到狗走近几头母羊，摇着尾巴在巴结她们，就骂道："你这狗东西！你指望她们什么！当心你指望的事落到你自己头上！"

415　牧童和狼

牧童在村边放羊，曾有三四回大叫："狼来啦！狼来啦！"这引得村民们跑出村来。他看见人家为了来帮他而白跑一趟，竟笑话人家。后来狼真的来了。这一回，牧童吓坏了，惊恐地大叫："请快来帮帮我，狼正在咬死羊！"但大家没把他的呼救当真，没有一个人来帮他。狼没有了顾忌，便不慌不忙地吃羊，最后把整群羊全咬死了。

撒谎者即使说真话，也不会有谁相信他。

416　牧羊人和狗

牧羊人把羊群赶进圈里过夜，差点把一只狼也关进去，幸好他的狗看见，说道："东家，要是你让狼也进了羊圈，怎么还能指望羊群不受损失呢？"

417　牧羊人和海

牧羊人在岸边放羊，看到海面波平浪静，便想出海经商。他把羊全卖了，买进椰枣后便上船出发。但是遇上狂风暴雨，船岌岌可危，随时都可能沉没，于是他把所有货物全抛进海里，好不容易才驾着空船脱险。过后不久，有人走过他那里，说起海面波平如镜，他便打断了人家话头，说道："多半是它又要椰枣了，所以显得如此平静。"

经验是可靠的教师。

418　牧羊人和狼

牧羊人发现一只狼崽，把他养大后，教他去邻近羊群里偷小羊。狼的表现说明他学得不坏，随后他对牧羊人说："既然你教会我偷窃，你就得小心提防，要不然，你自己的羊群也会遭窃。"

419　牧羊人和小狼

牧羊人发现一只小狼崽，就放在狗群中养着。小狼崽逐渐同狗打成一片，只要有狼群来袭击羊圈，这年轻家伙也会立刻冲出去，同样追击在最前头。但回来的时候，他通常有意落在狗群后面，严密地监视羊群，看有没有走失掉队的。如果有，他并不把他们带回去，而是把他们赶到偏僻的所在，然后乱咬一阵，甚至吃掉一部分。这样做了多次，终于有一次失风，被牧羊人逮个正着，就在树上吊死了他，从而结束了他两面三刀的行为。

两面三刀的行为，坏于公开的作对。

420　牧羊人和羊群

牧羊人赶着羊群去树林，看到有棵橡树大得异常，结满了橡实，便把大氅在树下一铺，爬上树去把橡实摇落。羊群吃着橡实，无意中踩踏大氅，把它踩破了。牧羊人从树上下来，看到这情况，说道："你们这些东西呀，真是忘恩负义！你们出产羊毛，尽是给别人做衣裳；我喂养你们，你们却偏偏弄坏我衣裳。"

漠不关心是不知感恩的一种表现。

421 牧羊人和野山羊

傍晚时分，牧羊人赶着羊群从牧场回家，发觉有些野山羊混在他的羊群里，便把野山羊和家羊关在一起过夜。第二天下大雪，他没法到老地方去放羊，只得把他们都关在羊圈里。对自己的羊，他给的食料很少，只是让他们不致饿死。但是对野山羊，他给大量食料，想引他们就此留下，成为他的羊。雪融化之后，他带着所有的羊外出吃草，但野山羊都朝山里飞逃。牧羊人责备他们不辞而别，骂他们忘恩负义，说在风雪交加时，他待他们比待自己的羊还好。有只野山羊回头对他说："正是这缘故，我们才多了个心眼。因为那些山羊跟了你很久，可昨天你待我们比待他们还好，所以事情很明白：要是在我们之后，又有别的羊来，你会照样待他们比待我们好。"

为新朋友而牺牲老朋友，会遭报应。

422 男孩和荨麻

男孩被荨麻扎了一下，奔到家里，告诉母亲说："我只是轻轻碰了它一下，可现在它使我疼得厉害。"母亲说道："正因为你轻轻碰它，它才扎痛你。下一回碰上荨麻，要大胆地一把抓住它，那时，它在你手里柔软得像丝绸，绝不会扎痛你。"

做任何事情，都得全力以赴。

423　男孩和蜗牛

农家男孩去找蜗牛，捡来很多，两只手都捧满了。这时他开始生火，准备把蜗牛烤来吃。火烧起来之后，蜗牛们感到热，渐渐往壳里缩，一边缩一边发出吱吱声。男孩听了说："你们这些东西真是没治了，屋子都要起火了，怎么还有心思吹口哨？"

我们常以自己之心去解读人家的命运。

424　男孩和榛子

罐子里装满榛子。男孩把手伸进罐子，尽可能多地抓了一大把，可是把手抽回来时，却怎么也通不过较细的罐颈部分。他既不愿放掉榛子，手又没法抽出来，觉得希望落了空，便失声痛哭。边上有人对他说道："你的心平一点，少拿一半榛子，就很容易抽出手来。"

别贪多求快，要一点一点来。

425　偷苹果的男孩

老汉发现有个野男孩上了他的苹果树，就厉声叫他下来。可是小无赖却说不下来。老汉说："那我把你抓下来。"于是，他朝男孩扔小树枝和一团团的草，但只是引来那顽童哈哈大笑。老汉说："好吧，既然我说话和扔草都不能让你下来，我要试试石头有什么功效。"说罢，他连连拿石块扔那男孩，果然，男孩很快爬下树来求饶。

426　洗澡的男孩

男孩在河里洗澡，面临溺毙危险。他向过路人呼救。这人没伸手救他，而是漠不关心地站在那里，骂男孩自己不小心。男孩叫道："先生啊！请你现在先救我，待会儿再骂我吧。"

光给劝告，不给帮助，并无用处。

427 捉知了的男孩

男孩在捉知了，捉到了好些。这时，他看见一只蝎子，以为是知了，正伸手去捉，蝎子扬起尾部的毒钩，说道："只要你碰到我，朋友，你就不但抓不到我，连你捉到的知了也都不是你的了。"

428 男子和他的两个情人

有个中年汉子头发开始变白，却同时追求两个女人。她们俩，一个年纪很轻，另一个已有相当年岁。那年长的女人觉得，被一个比自己年轻的男人追求并不体面，就下了决心，要利用那追求者来访的机会，每次都拔掉他一些黑发。那位年轻的正好相反，她不希望自己的男人老相毕露，所以发现他的白发，也同样积极地一一拔除。就这样，他夹在她俩中间，没过多久，他的头发就一根不剩了。

想使人人满意，人人都不满意。

429 农夫和儿子们

有个农夫一向勤于耕作，临终时，为了确保儿子们同他一样，便把他们叫到床边，说道："孩子们，在我的葡萄园里，有一处地方埋着大宗财宝。"他去世后，儿子们拿了铲子与鹤嘴锄，把他们的田地到处都细心挖了一遍。他们没找到财宝，但他们的辛勤劳动没有白费，因为那年的葡萄获得了特大丰收。

勤奋是财富的右手。

430 农夫和狐狸

长期以来，农夫对狐狸怀有敌意，因为他老是偷农庄里的家禽。他捉住狐狸，决心狠狠报复，就把浸透油的一束麻系在狐狸尾巴上，然后点上火。但农夫实在晦气，狐狸偏偏窜进他的庄稼地。这时正是收割小麦时节，农夫被弄得颗粒无收，垂头丧气地回了家。

别让你的怒火烧掉你的智慧。

431 农夫和苹果树

农夫的园子里有棵苹果树，这树不结苹果，唯一的用处就是做麻雀和蝈蝈的栖身之处。他决定把这树砍掉，于是拿了斧子，朝树的根部猛力砍去。蝈蝈和麻雀希望保住这栖身处，恳求他留下这树，不要再砍，今后他们愿意为他唱歌，让他在劳动时感到轻松。他对他们的要求概不理会，只管抡起斧子砍了第二下、第三下。这时他砍到一个树洞，发现那儿的蜂窝里全是蜜。他把蜂窝尝了尝，便丢下斧子，把这棵树奉为至宝，爱护有加。

对于有些人，自身利益是唯一动力。

432 农夫和时运女神

农夫耕地时犁到一罐金币，高兴得不得了，从此天天在土地女神的神龛前上供。时运女神对此很不高兴，就来对他说："你这人怎么回事？那份厚礼是我赏你的，为什么你却归功于土地女神？你有了这份好运，从不想到感谢我，而如果倒了霉，把我给的东西弄没了，肯定就怪在我头上。"

该感恩的地方，就别忘了感恩。

433 农夫和鹰

农夫看到捕鸟机里有只鹰，由于他很欣赏这种飞禽，便把他放了。鹰对这恩人也有情有义，看见他坐在摇摇欲坠的墙边，就朝他飞去，伸下爪子把他顶在头上的包裹抓走，随后，见他起身追来，便松开爪子，让包裹落地。农夫捡了起来，再回到原先坐的地方，发现那墙已经倒塌。他感到很惊奇，这才知道，原来鹰是在报恩。

434 农夫、驴子和公牛

农夫只有一头公牛，要下地犁田，没其他好办法，只能把公牛和驴子用轭套在一起，让他们凑合着干活。白天结束时，两头牲口被松开后，驴子问公牛："好吧，我们干了一天的重活，现在是你还是我驮东家回去？"公牛听他这么问，感到很惊奇，说道："咦，当然是你啰——跟平时一样。"

435 农夫与鹳

农夫在耕地上播下了种子，在这地上安了许多罗网，捉到许多飞来吃种子的鹤。同鹤一起被捉的还有一只鹳，他的细腿被网弄断了。他苦苦哀求农夫饶命，说道："求老爷饶我一命，这次放了我吧。我的断腿应该激起你的恻隐之心。再说，我不是鹤，我是鹳，是品性优异的鸟。你瞧，我多爱父母，多辛苦地为他们干活。你再看看我这身羽毛，同鹤的羽毛完全不同。"农夫大声笑道："你说的也许都是实话，但我只知道一点：你是同偷盗我东西的鹤一起被我捉住的，所以，得同那些盗贼一起送命。"

鸟以群分，兽以类聚。

436 农夫与鹤

耕地上刚播过麦种，许多鹤便把这里当作觅食之地。农夫挥动没装上石块的投石套索，吓得鹤连忙逃走，但久而久之，他们发现农夫只是挥动挥动而已，便不再把套索放在心上，赶都赶不走了。农夫见这情况，便在投石套索里装上石块，打死许多鹤。剩下的鹤立即飞离，彼此叫道："是我们去小人国的时候了；这个人不再是吓唬吓唬就算了，他开始认真起来，让我们看看他的手段了。"

警告了还不行，就得给以打击。

437 农夫与蛇

冬天里，农夫看到有条蛇冻僵了，出于同情把它捡起来，放在自己胸前。蛇有了他的体温解冻，很快苏醒过来并恢复本性，咬了恩人一口，使他中了致命的蛇毒。农夫在咽气时说："我怜悯害人精，活该遭到这报应。"

恩情再大，也束缚不住忘恩负义的手脚。

438 农夫与蛇

隆冬时节，农夫在树篱下看到蛇快冻死，心生怜悯，就把它带回家，放在炉火旁。蛇回暖过来，便竖起身子，发着嘶嘶声朝恩人的妻子儿女猛蹿过去。农夫听见他们惊叫，拿着铁镐冲来，把蛇劈成几段。他恨恨骂道："阴险东西！我救了你命，你就这样报答？你这该死的；死还便宜了你。"

忘恩负义就是犯罪。

439　农夫与他的三个敌人

某个夜晚，在农庄的不同地方，狼、狐狸、野兔正好都来觅食，没被目光敏锐的农夫发现，吃饱后都安全返回各自住处。农夫很不高兴，就设置陷阱和罗网，他们第二次来时都被逮住了。他首先责备野兔，野兔哀求饶命，承认肚子饿极，吃了点芜菁叶子，但保证再也不进他的地。随后他向狐狸问话。狐狸摇尾乞怜，说话的声气巴结奉承，但坚持说来他地里出于好意，为防止野兔之类坏蛋侵吞他庄稼；总之，任凭有什么恶毒诽谤，自己极其尊重他并一贯奉公守法，所以绝不可能有任何不光彩行为。最后，农夫审问狼，问他来干什么。狼悍然宣称，他来就是要吃小羊，而他这样做有着无可争议的权利；又说农夫自己才是恶棍，抢走了本该他们享用的肉食；最后还说，这至少是他狼的看法，而为了争取自己吃羊的合法权利，他不在乎什么命运等待他，敢于以死相搏而毫不犹豫。农夫听了这些说辞，下了判决：野兔坦白态度好并有悔改表现，应予同情。狐狸和狼一起吊死，他们本就罪有应得，而且，伪善和无耻使他们罪加一等。

做错了事照直讲，就容易得到原谅。

440　农夫与忠犬

农夫去田间修补围栏，把睡在摇篮中的独生子留在家里，回来时他见到摇篮倒翻在地，撕破的襁褓上鲜血淋漓，而他的狗趴在近旁，嘴上身上也是血。想到这畜生竟然咬死他儿子，他当即挥起手中斧头，把狗杀了。接着他把摇篮翻转回来，却发现儿子毫发无损，而一条大蛇死在地上，是被他的狗咬死的。他号啕大哭，因为这忠犬如此勇敢，保住了他儿子性命，完全该得到奖励。

勃然大怒时可不能随便，让自己盲目冲动太危险。

441 逃跑的奴隶

奴隶不满于自己的处境，从主人家逃跑。主人很快发现，赶紧上马追寻，没多久便追上了。逃奴为避免被抓，躲到了踏车①上。主人说道："好啊，你这家伙，这里正是你该待的。"

命中注定，难以逃避。

442 女人和母鸡

女人养着一只母鸡，母鸡每天给她生个蛋。女人常寻思，怎么能由每天生一个蛋变成每天生两个蛋。为此，她决定给母鸡喂加倍的大麦。从那天起，母鸡越长越肥，毛羽光洁，可是，蛋却一个也不下了。

贪心反被贪心误。

443 女巫

静悄悄的夜把人们送进睡乡，这时，恶毒的老女巫为施行可怖妖术，进了因她到来而战栗的阴暗树林。她作法的场地很大，在这圆圆一圈地的中心有个祭坛，祭坛上烧着作过法的马鞭草，火苗呈三角形。这心怀恶意的女巫念着可怕的咒语，要整个地狱听命于她。她向附近的田野呼出肆虐的瘟疫，让无辜的牛群暴死，算是给地府恶鬼的牺牲。她强大的魔力把月亮拉下轨道，落进树林；来自冥王国度的精魂纷纷出现在祭坛前，询问要他们做什么。她说："我丢失了心爱的小狗；告诉我，哪里去找？"精魂都怒叫起来："什么！你这不知轻重的丑老婆子！为了你的小狗，就得打乱自然界的秩序，打搅普天下

① 踏车是一种踩动踏板使之转动的装置，古代常用于惩罚人。

生灵的休息？”

不少人为图自己小方便而不惜让世界乱作一团。

444 女巫

女巫以平息神怒为业，凭着起劲地画符念咒，过着舒服的生活。有人妒忌她成功，在法庭上指控她妄改教义，结果她被判死刑。她被押出法庭时有人对她大叫：“嗨，你这女人，靠平息神怒敛财！怎么就不能平息人怒呢？”

游方女先知自称能行奇迹，但对日常事务则无能为力。

445 骗子

有人生了重病，向众神许愿说，如果让他恢复健康，他就献祭一百头阉牛。众神要看他如何还愿，很快就让他康复了。但这人一头牛也没有，就用牛脂捏了一百头小牛放上供桌，嘴里说道：“众位天神，现在我来还愿了，请你们亲眼看看。”众神决定也对他来这一手，就在他梦中告诉他去海边，说是在那里有一百银币可得。他大为激动，连忙赶去，却碰上一帮强盗，结果被抓去卖为奴隶，而价钱正是一百银币。

做不到的事情，不能随便答应。

446 乡下骗子

乡镇上有个无聊家伙爱恶作剧，见附近的居民头脑简单，想作弄他们，从他们口袋掏点小钱。他当众宣传，说某个日子要展出一辆特制的车，不用马拉也能走。那些乡巴佬又蠢又好奇，都上了当，一批一批人看好了出来，都不好意思对人家承认，他们看到的只不过是一辆手推车。

世界上一半人施展伎俩，而另一半的傻瓜就上当。

447 乞丐和他的狗

乞丐和他的狗坐在高官家的大门口，准备享用厨房女仆拿出来的残羹剩菜。有个可怜人难得受高官恩惠，刚在管家餐桌上分享了一次，见到此情此景很受触动，就停下脚步看着。只见那乞丐又饿又馋，同文明世界的任何大官一样狼吞虎咽，管自挑好吃的独吞下肚，剩下的分成几份带回满怀希望的家中：这一块给诚实的老大，放进这口袋；那一片给怕羞的老二，放进那口袋；这些要小心包好，给全家的小宝贝。总之，即使有东西扔给狗吃，也只是肉被啃得干干净净的骨头，吃了也免不了饿死。这可怜人自言自语："这可怜的狗，情况同我多像！他等着主人赏他吃一顿，但主人没什么留给他；而我等着老爷给我个位置，但他需要的可能比我多得多，他周围亲戚朋友的求告，准比这乞丐家孩子的声音喧嚣得多。"

要依靠这样的恩公就很可悲：他自己家里也要人家发慈悲。

448 欠债人与母猪

有个雅典人欠了债，而债主催着要钱。当时他没钱可还，要求延期，但债主不同意，要他立即归还。欠债人只得牵出仅有的一头母猪，拉去市场卖——正好债主也在那里。不久来了位顾客，问这母猪下崽的情况如何。欠债人说："下的崽太好了，特别妙的是，她在丰收节下雌崽，在泛雅典娜节下公崽。"听了这话，正站在边上的债主插嘴说："不必惊奇，先生，更妙的是，在酒神节还下一窝小羊呢！"①

---

① 当时的雅典人在前两种节日总以母猪和公猪为祭品，而在酒神节以小羊为祭品。

走投无路之际只要能救急，做任何许诺都不会有顾忌。

449　人被狗咬

有个人被狗咬伤，四处求医。朋友见到他，得知他的目的后对他说："如果你想治好，就拿一块面包，沾满你伤口流出的血，去喂咬伤了你的狗。"听了这建议，被咬伤的人大笑道："什么意思？要是我这么做，就等于去求城里的每条狗，要它们都来咬我。"

对居心不良者施加恩惠，就增加他们害你的机会。

450　人和黄鼠狼

有人捉到黄鼠狼，正要动手杀掉，这小动物恳求饶命，对那人说："我为你杀了很多老鼠，你却要杀我这可怜虫，该不会这么残酷吧？"那人回答道："是为我？真是大笑话。你说是为我，这么说，你抓他们不是为自己开心，好像倒是为我的利益。而在偷吃和糟蹋我的食物方面，你造成的损失不亚于老鼠。所以，如果你想要我饶了你，先得找更好的理由。"说完这话，他不再啰唆，掐死了黄鼠狼。

没充分的理由就别开口。

451　人和马、牛、狗

马、牛、狗为寒冷所逼，陷入困境，求人给个御寒的栖身之处。人亲切地接待他们，烧起了火，让他们取暖。他让马随意吃他的燕麦，给了牛大量干草，又拿餐桌上的肉喂狗。马、牛、狗非常感激这款待，决定尽各自的能力报答。为此，他们把他的一生分成三个阶段，把各自的主要特点献给其中的一个阶段。马选了人的早年，让人的早年具有马的品性，所以年轻人冲动又任性，自恃有理，一意孤行。牛决定造福于人生的中期，所以中年人辛辛苦苦埋头工作，决心开源节流，积累财富。人生的晚年就留给了狗，所以老人乖戾、易怒、自私，难以取悦，只容忍自己家人而嫌恶生人，并嫌恶一切不能给他舒适，不能满足他需要的人。

人生也就像大自然，有不同时节和特点。

452　人和萨梯[①]

有一回，人和萨梯酹酒为盟。严寒的冬天里，他们正在交谈，那人把手指伸在嘴边，朝手指哈气。萨梯问他这么做的缘故，他说手指太冷，这样做可以让手暖和暖和。过后，他们坐下吃饭，那饭菜都烧得滚烫。那人端起一个菜，放在嘴前吹了几口气。萨梯又问他这么做的缘故，那人说是把肉食吹吹凉，因为太烫了。萨梯说道："我不能再把你当盟友看待了，因为你这家伙的嘴巴一会儿吹热气，一会儿吹冷风，出尔反尔。"

做人两面派，朋友全跑开。

453　人和石头

伊索有一天受主人赞瑟斯差遣，去看看公共浴室里是些什么人。他看到浴室门口有块大石头，进出的人很多在那里绊一下，只有一个明白人把它搬走了。伊索回去禀告主人说，浴室里只有一个人，于是赞瑟斯去了，却见到那里满是人，就问伊索为什么骗他。伊索回答说，只有那搬石头的可认为是人，其他的称不上是人。

人由其作为来判定。

---

① 萨梯是希腊神话中的森林之神，具有人的形状，但有羊的尾巴、耳朵和角等。

454　人和狮子

人和狮子一起旅行，穿过森林。不久，他们开始夸耀自己，认为自己比对方勇猛强大。他们边争边走过一座石像，那是一个人在掐死狮子。人指着石像说道：“瞧！我们多强大，连兽中之王也不是我们对手。”狮子答道：“这座石像是你们人雕成的。如果我们狮子也会制作雕像，你看到的就是人在狮爪下的情景。”

一面之词有理，但经不起对比。

455　杀人者

有人杀了人，被死者亲属追逐，逃到尼罗河，见河岸上有狮子，吓得要命，就爬上了树。在树顶部分的枝条上，他看见有蛇，又吓坏了，纵身跳到河里，被鳄鱼抓住吃掉。就这样，无论地上、空中还是水里，都没有杀人者藏身的地方。

456　烧炭人和漂洗工

烧炭人在自己家干他那种营生。一天，他碰上漂洗工朋友，便劝他搬来一起住，说是这样既更加亲近，家庭开支也可以节约。漂洗工答道：“对我来说，你这安排行不通，因为我漂洗白的布，马上就会被你的炭弄黑。”

同气相求。

457　遭海难的人

有个雅典富人乘船外出，突然遇上暴风雨，船被打翻了。其他乘客都游泳逃命，这雅典人却不断求告雅典的保护神雅典娜，许愿说只要救他一命，以后一定献祭。有个一起落水的伙伴游到他身边说：“你尽可求告雅典娜，但自己的手也得划。”

若祈求神灵，也莫忘自己努力；若听天由命，犹如等魔鬼救你。

458 遭海难的人和大海

遭海难的人在大海里搏斗，终于被海水冲到岸上。睡了一觉醒来，他望着大海骂起来，说大海以平静的面貌引诱人，但人一旦上当，到海上去行船，大海就翻脸，叫人彻底毁灭。大海化成妇女的形象回答他：“我的好先生，请别责怪我，要怪就怪风。因为我本性像大地一样平静又安稳；但是风突然袭击我，掀起汹涌波涛，抽得我激奋起来。”

责怪别怪错对象。

459 舌头

赞瑟斯请很多客人吃饭，吩咐伊索准备最精致的佳肴——只要用钱能买到。上来的第一道菜是舌头，烧法特异并有相配的调味酱汁。这让在座的宾客吃得津津有味，也引出不少风趣话。但第二道菜仍像第一道，也是烧舌头，接着，第三、第四道菜还是如此。在大家看来，这不仅是开玩笑了，于是赞瑟斯怒冲冲责问伊索：“你这混账东西，我不是对你说过，要的是用钱能买到的最精致的佳肴？”伊索答道：“还有什么比舌头更精致？这是做学问、搞哲学的重要通道。有了这出色的器官，就能发表演说，宣读颂词或悼文，能让谈生意、签合同、订婚约这类事做得圆满。什么都比不上舌头。”伊索的才智博得众人喝彩，宴会上恢复了融洽气氛。这时，赞瑟斯对宾客们说：“好吧，请你们明天务必赏光，再来我这里吃饭。”说着，他转脸吩咐伊索：“如果今天这顿是你最好的佳肴，那你就去找最坏的肉，明天让我们尝尝。”第二天开饭时，入席的客人大为惊奇，因为端上桌来

的还只是舌头，没别的东西。赞瑟斯火冒三丈，责问伊索："舌头在昨天是最好的肉，难道今天就是最坏的？"伊索答道："有什么肉比舌头更坏呢？天底下的坏事中，哪一桩没有它的份？搞阴谋、施诡计、设骗局、行不义，都经过舌头讨论、决定、传达。这能使帝国崩溃，城邦覆灭，友情消泯。"宾客们对伊索的才思更加佩服，为他向主人求情并获得了成功。

如果回答得体，就有挽回余地。

460 守财奴

守财奴变卖了所有家产，买来一块黄金。他在旧墙边的地上挖了坑，埋下黄金，随后每天都来看看。他手下干活的工匠见他老去那地方，便注意他的行动，终于发现了他藏金的秘密。那工匠在那里一挖，找到黄金就偷走了。守财奴再来看时，只见坑里空空如也，便扯着头发号啕大哭起来。邻居见他不胜痛苦，问明原因后说道："别这么难过了。去拿块石头放在这坑里，就当那黄金还在这里。对你来说，这石头完全能起那黄金的作用。因为金块在这里的时候，你也完全不去用它，跟没有它完全一样。"

并不动用的财富，其价值显现不出。

461 苏格拉底[①]和朋友们

苏格拉底盖了一栋屋子，每个人看了都有这样那样的意见。这个说："正面竟是这样！"那个说："里面竟是这样！"还有人说："房间这么小！转身都难！"苏格拉底答道："房间是小，只怕还坐不满真心朋友。"

---

① 苏格拉底（公元前469—前399）是古希腊哲学家，据其学生柏拉图（公元前427—前347）记述，苏格拉底在关押期间曾想把《伊索寓言》写成诗体的。

房屋易得，挚友难觅。

462 孀妇和两个小使女

孀妇爱干净，有两个小使女供她使唤。她养成习惯，听见公鸡叫，便一早唤她们起来。两个使女为过度劳作所苦，决定杀了公鸡，免得很早就叫醒东家。干了这事之后，她们才发现这让她们更倒霉，因为女主人无法从公鸡啼叫判断时间，就在半夜里叫她们起来干活了。

要避免每况愈下。

463 孀妇和农夫

孀妇丧偶不久，每天来丈夫坟前，为失去他而哀哭。在不远处耕地的农夫瞧着她，想要她为妻，就撇下牛和犁，走来坐在她身边也开始流泪。孀妇问他为什么哭泣，他说："我爱妻新近去世，眼泪能缓解痛苦。"孀妇说："我丈夫也已去世。"两人默默哀伤一阵，农夫说："既然你我境况相同，我们结了婚住在一起不是很好吗？我填补你亡夫的位置，你填补我亡妻的位置。"这建议听来合情合理，孀妇就接受了，于是两人擦干了眼泪。这时来了一个贼，把农夫留在那里的牛偷走了。农夫发现耕牛被偷，捶胸大哭起来。女人听到哭声，过来问他："咦，你还在哭啊？"他回答说："是啊，这会儿是真心的。"

眼泪分不出假或真，只除了那个哭的人。

464 天文学家

有个天文学家，夜里经常出去看星象。一天晚上，他在城郊走着，全神贯注看着天空，不料跌进了很深的井。他浑身伤痛，大为懊丧，不禁边哭边高喊救命。附近一个居民奔到井边，得知原委后说道："听我说，老家伙，谁叫你一心看天的时候，不好好注意地上的情况呢？"

要看异象奇景，莫忘世上常情。

465　铜匠和狗

铜匠的小狗深受宠爱，是主人形影不离的伙伴。主人捶铜敲铁时，狗呼呼大睡；然而，每当主人歇工吃饭，狗便醒来，摇着尾巴，仿佛在要他的那份饭。有一天，主人假装生气，朝他挥动棍子说："你这无赖的小懒鬼！你要我拿你怎么样？我在铁砧上敲敲打打，你就在地席上睡觉；等我歇工吃饭，你就醒来，摇着尾巴讨吃的。你知不知道：劳动是一切幸福的根源，不劳动者不得食？"

466　秃头骑士

秃头骑士戴着假发，出外打猎。突然一阵风来，吹掉了他的帽子和假发，引得几位伙伴一阵哄笑。骑士勒住马，兴高采烈地也参与了说笑。他是这样说的："这头发本来就不是我的，它们要从我头上飞走，有什么奇怪？何况，它们早就抛弃了原先的主人，那主人还是带着它一起出世的呢！"

事必有因。

467　秃子和飞虫

飞虫叮了秃子光溜溜的头，秃子想打死它，朝头上猛拍一掌。飞虫讽刺道："小虫子叮你一下，你就想报复，甚至要人家死在你手下，可是，你在伤害自己之外加上侮辱，准备怎么报复呢？"秃子答道："我同自己很容易和解，因为知道我没加害自己的企图。但你是丑陋又卑劣的虫子，专爱吸人血，我恨不得一巴掌拍死你，哪怕为此招来的惩罚更重。"

468 王子和画上的狮子

爱好武艺的国王在梦中得到警告，说他的独生子将被狮子杀死。他怕梦中事成为现实，就为儿子造了漂亮宫殿，而且为让儿子高兴，墙上画了各种动物，大小同真的一样。这些画中有一只狮子，年轻的王子见了，就勾起怨愤之情，觉得是狮子造成了他与世隔绝的处境，于是站在那画前说："哦，你这最讨厌的野兽！只因为我父亲做个关于你的乱梦，我就被关在宫中，像个女孩子。现在我该怎么对付你才好？"说着，他把手伸向山楂树，想要折下树枝抽打狮子，但树上有根刺深深扎进他手指，使他疼痛异常并发了炎。结果年轻的王子昏厥过去，随后又陡地发起高烧，没几天便死了。

与其逃避困难，不如勇敢面对。

469 小偷和客栈主人

小偷在客栈里租了房间，住了几天，想偷些东西供他付账。但等了多天一无所获。他看到客栈主人坐在门前，穿着漂亮的新衣裳，便去坐在他身旁，同他攀谈。后来谈话变得枯燥乏味，小偷便猛打哈欠，发出狼嗥般的声音。客栈主人问："你为什么这么鬼哭狼嚎的？"小偷答道："告诉你吧，但首先得求你抓住我衣服，因为我希望这衣服留在你手里。先生，我不知道自己怎么有这样打哈欠的习惯，也不知道是因为我的罪过呢，还是别的什么原因，我得受这种惩罚，时不时突发一阵嚎叫；但是有一点我知道，就是我第三次打哈欠，真的会变成狼，要攻击人的。"说完这话，他开始猛地打起第二阵哈欠，发出第一回那样的狼嗥般叫声。客栈主人对这谎言深信不疑，自然大为惊骇，便从座位上站起，准备溜之大吉。小偷拉住他衣裳，求他别走，说道："请等一会儿，先生，拉住我衣服，要不然，我变成狼以后，一发怒，就会把这衣服撕成碎片。"这时，他第三次打哈欠，又发出狼嗥般叫声。客栈主人怕遭到攻击，就让新衣服留在小偷手里，自己脱身后尽快逃进客栈。小偷带着那新衣裳就走，再也没回来。

故事不能个个信。

470　改做医生的鞋匠

鞋匠靠手艺没法糊口，穷急了，就去没人认识他的城市行医。他胡吹自己的药，说是能解一切毒。凭着经常吹嘘和人家捧场，他居然大有名气。不料，他自己生了重病，当地的长官决定看看他医术到底如何，便叫人拿来杯子，在给杯子装水时，假装在水里放进他的解药和毒药。他要鞋匠把这喝下去，答应为此给一笔赏金。鞋匠怕死，只得坦白说自己不懂医道，不过是群众胡吹乱捧才出了名。长官召集群众大会，向大家说："你们犯傻都犯到了什么地步？这人甚至没有谁雇他做鞋，你们却毫不踌躇地把脑袋交给他。"

自称能做别人做不了的事，相信这样的人不是很明智。

471　海边的行路人

几个人在海边走路，登上高崖之巅朝海上望去，看到远处似乎有一艘大船。他们等在那里，想看它进港。它被风吹送过来；等近了一些，发现那充其量不过是条小船，绝非大船。可是，等它到了岸边，他们才看出是一大捆木柴。他们中有个人对同伴们说道："我们白等了一场，因为到头来，看到的只是一捆柴而已。"

我们对生活的期望，总超过实际的情况。

472　两个行路人和斧子

两个汉子结伴而行。一个人在路上捡到斧子，说道："我发现一把斧子。"另一个人答道："不，朋友，别说'我'发现一把斧子，要说'我们'发现一把斧子。"还没走出多远，他们看到斧子的主人追上来。捡起斧子的人说："我们糟了。"另一个人说："不，朋友，你还是保持先前那种说法吧。你刚才是怎么想的，现在仍该怎么想。要说'我'糟了，不要说'我们'糟了。"

分担危险的人，应当分享收获。

473　兄妹俩

有位父亲生有一男一女，儿子俊美非凡，女儿却出奇地丑陋。一次，他们做儿童游戏时，偶然看到母亲椅子上的镜子，就一起对着镜子照。男孩为自己的俊美感到庆幸；女孩却生了气，不能忍受哥哥的自夸自赞，认为他说的一切都是对她的批评——除此之外，她还能怎么认为呢？为了报复，她奔到父亲跟前，满腔怨恨地数落哥哥，说他身为男孩，却强占只应属于女孩的优点。父亲把他俩都搂在怀里，毫不偏心地吻他们和爱抚他们，说道："我愿你们俩天天照照镜子。儿子呀，你照的目的是别让不良行为损害你的俊美；女儿呀，你照的目的是用美德弥补容貌上的不足。"

行为漂亮才是真漂亮。

474　雅典人和底比斯人

雅典人和底比斯人结伴同行，像常见的出门人一样，路上谈谈说说打发时间。谈过了不同话题，就讲起了英雄，这话题不仅让人长见识，而且大有可谈。于是他们彼此大事赞扬各自城邦的英雄。后来，底比斯人说赫拉克勒斯是自古以来世上最伟大的英雄，如今在众神中占有居前的位置；[1] 雅典人则坚持认为忒修斯 [2] 伟大得多，因为他极其幸运，各方面得到上天的最大眷顾，而赫拉克勒斯一度不得已充当过仆人。后者占了上风，因为他能说会道，同所有雅典人一样。底比斯人争不过他，最后恨恨地说："好吧，你想怎么说就怎么说；我只希望，英雄对我们生气时，雅典人承受的是赫拉克勒斯的怒气，而底比斯人只是承受忒修斯的。"

各得其所。

475　盐贩子和驴子

盐贩子赶着驴子去海边买盐，回来时经过小河，不料，驴子过河时踏空一步，跌到河水中。待他起来时，他的负担大为减轻，因为水溶解了盐。盐贩子回到海边，把驮篮里的盐装得比上回更满。他又来到小河时，驴子故意在老地方落水，待到起来后，他的负担又大为减轻。驴子似乎觉得如愿以偿，得意地嘶叫一声。盐贩子看出他要的花招，于是第三次赶他去海边，但买的不是盐，而是大量海绵。驴子走到小河时，又故技重演跌落水中，结果海绵吸足了水，使他的负担大大加重。就这样，他的鬼把戏使自己遭了殃，背上负担倍增。

476　冒牌医生

有个病人看过多位医生，他们大多说他生命无虞，只是恢复较慢；只有冒牌医生撂下一句话就走，说他只有一天可活，劝他安排好

---

① 赫拉克勒斯是希腊传说中最伟大的英雄，后作为神灵受人崇拜。据说其生父是主神宙斯，母亲则出自希腊主要城邦底比斯。他年轻时受迫害，一度当过奴仆，虽生性仁慈，大发雷霆时却很可怕。

② 忒修斯是传说中的雅典王，有杀死牛首人身怪等英雄事迹。英诗之父乔叟的名著《坎特伯雷故事》中，一开头就提到他，而且事关底比斯。另外，他在雅典的神庙是希腊保存得最好的古代神庙。

一切事务。几天后这人下床并斗胆外出，但脸色苍白，步履艰难，恰恰就碰上冒牌医生，听到他这样的问话：“阴间里的居民日子过得如何？”这人答道：“他们喝了忘川[①]的水，倒也相安无事，但最近那里颇为紧张。死神和冥王都发出警告，说要记下所有医生的姓名，因为他们让病人不得善终。他俩要把你的名字也列入名单，我跪在他俩脚前哀求放过你，发誓说你并非真正的医生，无缘无故被控为医生很不公平。”

有些医生的才能和学识，只在于华而不实的言辞。

477　医生和病人

医生问病人：“你感到怎么样？”病人说：“嗐，说真的，我出汗出得厉害。”医生说：“哦，这是最好的症候。”过了不久，他又来问病人身体怎么样，病人说：“刚才抖了一阵，抖得很猛烈！”医生说：“是该这样，这显示出身体的强大力量。”随后医生第三次来问病情，病人说他全身浮肿，怕是得了水肿病。医生说，这最好了。他走后不久，病人的朋友来探望，也问他身体如何，感觉好不好。病人说：“我不知有多少好症候，好得我都快死了。”

对濒死者还说奉承话，这是最坏的奸诈行为。

478　伊索和奴仆伙伴

有个商人一度是伊索的主人，他吩咐为他出门做好一切准备，然后把要带的东西分给奴仆们搬运。伊索要求搬运最轻的，他得到的答复是自己去挑，于是他挑了一篮面包。其他奴仆笑起来，因为那一篮最大也最重。到了午饭时间，伊索正被那篮东西压得够呛，却听到叫他给大家发面包，每人同样的一份。伊索分好后，篮子轻了一

① 忘川是神话中冥府的河名，喝了这河水就忘却人间往事。

半；到吃过了晚饭，面包已吃完。于是在剩下的旅途上，伊索只需带个空篮子，而其他奴仆的负担似乎越来越重，只能叹服伊索的聪明才智。

聪明人干活，重活变轻活。

479 伊索与家禽

有一天人们看到，伊索在路边围栏里仔细察看家禽。有些聪明人很好奇，他们无缘无故就是爱打听别人的事，而且在这方面特别肯花时间，所以在好奇心驱使下上前了解：为什么这身为奴隶的哲人看得这么专注？伊索回答道："我忽然想看看，人是怎么模仿这类蠢货的。"那人问道："在哪方面？"伊索的回答是："啼叫很好而刨地很差。"

说大话和自吹自擂都很容易，难的是用高尚行为证明自己。

480 伊索在游玩

有一次，伊索正高高兴兴地同一群孩子玩耍，某个雅典人看见，就笑话他不庄重。伊索心平气和地拿起一张弓，卸了弓弦放下后，说道："朋友，你瞧这弓，如果老是绷紧着，弹性就会减弱，说不定还会啪地断掉。时不时让它松一松，需要用的时候它就更得力。"

玩得好是为了确保干得好。

481 隐士与熊

隐士对熊行过好事，熊知道感恩，总记着这份人情，要求来陪伴孤独的隐士并保护他。隐士欣然同意，带他进了自己的斗室，愉快地生活在一起。有一天非常热，隐士躺着睡觉，熊过分热心，忙着赶走朋友脸上的苍蝇。但尽管他小心翼翼，有只苍蝇老是来骚扰，随后干脆停在隐士鼻子上。熊说："这下你保准跑不了。"说着，他满怀好意，猛一下拍下去，很有效地消灭了苍蝇，但恩人的脸也顿时血肉模糊，模样吓人。

热心朋友的轻率瞎帮忙，像死敌那样常造成重创。

482 吹笛的渔夫

善于吹笛的渔夫带了笛子和渔网来到海边。他在石矶上一站，把渔网在下面一放，吹了几首曲子，便满心希望鱼儿受曲调的吸引，自觉自愿跳进他的网中。他等了很久，却空等了一场。最后，他收起笛子，把网撒到海水里，打到了满满一网鱼。他把网拖到石矶上，看到网里的鱼活蹦乱跳，就说道："你们这些任性的家伙啊，我吹笛子的时候，你们不肯跳舞，现在我不吹笛子了，你们却跳得挺欢。"

干本行熟门熟路，收获才会最丰富。

483 渔夫和小鱼

渔夫靠渔网里的收获为生。有一回，他干了整天的活，捕到的只是条小鱼。那鱼喘着气，抽抽搭搭哀求饶命，说道："老爷呀，我值不了几个小钱，对你能有什么用？我现在还没长足。请你饶我一命，把我放回海中吧。不久我会长成大鱼，有资格给端上富人餐桌；你不妨那时再抓我，把我卖个好价钱。"渔夫答道："要是为将来可能多得些好处，就把眼前实际得到的东西放弃，那我真是十足的傻瓜了。"

什么时候都比不上现在。

484 渔夫和渔网

渔夫打鱼的时候，有一网撒得很好，打到很多鱼。他熟练地收着网，努力让大鱼一条不漏全部拉上岸。但是，小鱼却从网眼里溜回了大海；对此，他就没法防止了。

485 **渔夫们**

几个渔夫用拖网捕鱼，感到网很重，以为捕到许多鱼，高兴得手舞足蹈。待到收网一看，鱼没有几条，网里尽是淤泥和石头。这使他们极度懊丧——与其说感到失望，不如说与他们的期望太不一样。他们中的一位老人说：“我们不要怨天尤人吧，伙伴们。在我看来，伤心和开心向来是孪生姐妹；我们刚才高兴过了头，所以接踵而来的，就是叫我们难过的事——事情也只能这样。”

486 **渔夫弄浑了水**

渔夫去河边打鱼，把渔网放进水里，然后用一根长绳子扎紧石块，抛向渔网两边，为的是把鱼赶进网里。附近的居民见他这样很是不安，有人就来责备他，说他把水弄浑了就不能吃了。渔夫说：“真是对不起，但不弄浑水我就没法谋生。”

487 **预言家**

巫师坐在市场上，给来来往往的人算命。有个人飞奔而来向他报告，说他家的门被撬开，家里的东西被洗劫一空。他长叹一声，尽快跑回家去。邻居见他奔跑，说道：“嗨，你这个家伙！你说你可以预测人家的命运，怎么就不能预测自己的命运呢？”

不吃自家面包的糕点师，他那套本事已不问可知。

488 园丁和东家

美丽的花园里有个大池塘，里面满是鲤鱼、鲈鱼和其他淡水鱼，但池塘里的水也用来浇地。园丁很傻，他特别注意花，把水都用来浇花，以致塘中剩下的水几乎养不活那些鱼。东家来院中散步，看到这样厚此薄彼，就斥责园丁道："我虽然很爱花，但也喜欢吃鱼。"园丁是粗笨无知的庄稼汉，片面理解了东家的话，而为了让鱼有足够的水，就不再给花浇水。过了些时候，东家又来园里，只见他那些好花不是枯死就是已凋萎。他大为丧气，骂那园丁："你这个笨蛋！以后要记住：既不要给花浇太多的水，害得我没鱼可吃，也别对鱼太慷慨，弄得我的好花都死掉！"

万事中庸为上。

489 园丁和狗

园丁的狗在园中的井边蹦蹦跳跳，突然掉到了井里。园丁连忙跑来搭救，而正在帮他出井口的时候，狗却咬了他的手。园丁非常生气，因为他只是要救狗的命，却招来如此忘恩负义之举，当下便转身走开，让狗去淹死。

好心应当有好报。

490 园艺师和地主老爷

有个园艺师为人单纯，在地主老爷的园林边租了房子和园子，种下他精选的花草和蔬菜，但有只野兔常来糟蹋作物，让他很烦恼。一天上午，他向地主诉苦说："这野兔根本不拿陷阱当回事。他有巫术，我用棍子和石块都打不到他。说真的，我相信他不是野兔，是巫师的化身。"地主老爷酷爱打猎，接口就说："别说了，哪怕他是巫师的祖师爷，我的狗群也能一下子解决他。我们明天就来处理这事。"

第二天早上，地主老爷带着大群猎狗来了，来的还有一大帮子亲友和猎手。园艺师这时正在吃早饭，觉得应该请他们一起吃。他们就吃喝起来，对园艺师的食品储备造成大量消耗。吃喝完了，老爷喊道："现在我们打野兔去！"于是猎手们吹起的号角响成一片，震耳欲聋，猎狗们东钻西窜找野兔。很快，躲在一棵大白菜下的野兔受惊而逃，横穿园子跑去，狗群在后面穷追。这一来，苗床完了，棚架完了，种的花也完了！眼看野兔钻过树篱，老爷带着亲友和猎手也就策马踏过花坛，冲过树篱。他们全跑掉之后，那地方看来一片狼藉。园艺师叹道："嗐！我真是笨蛋，居然去找大人物帮忙！即便让全省的野兔来糟蹋一年，也比不上这半小时造成的损失！"

自己能做的事，就别请他人做。

491　两个贼和熊

两个贼知道牛棚里有头小牛，决定夜里去偷，说定半夜在那里碰头，然后一个在外望风，另一个进棚把小牛从窗口递出来。到了约定时间，他们去了那里，一个从窗口进了牛棚，留下望风的担心被发现，希望他尽可能快。但里面那人回答说，小牛很重，抱都抱不起来，更别说托上窗口了。外面那人等得不耐烦，骂同伙笨手笨脚，动作不利索，最后说，如果他不能很快完事出来，这回就算了，因为天一亮准会被发现。里面的人骂骂咧咧回答说，肯定是碰上鬼了，因为他被紧紧抱着，脱不了身。那望风的不敢再耽搁，不管同伙死活就管自跑了。事后才知道是这么回事：两个贼看到小牛后，小牛正好被移到别处，腾出地方给了一头熊，那是特意带来表演的；那个倒霉贼碰上的正是这巨兽，而且被搂到天亮，结果被熊主人发现后送进了监牢。

492　贼和公鸡

几个贼进了一所房子，发现除了一只公鸡外别无他物，便偷了鸡尽快溜掉。回到了贼窝，他们正准备杀鸡，鸡却哀求饶命，说道：“饶了我吧，我对人很有用处。天不亮，我就叫他们起来干活。”贼回答道：“你这么一说，我们更是非杀你不可。你叫醒了周围的人，我们的活儿就没法干了。”

维护美德，必遭小人忌恨。

493 贼和看家狗

贼在夜里进了一所房子。他带有几块肉，想给看家狗吃，免得他汪汪叫，把主人家惊醒。贼把肉丢给狗，狗却说：“如果你想堵我的嘴，那就大错特错。你这么突如其来出手慷慨，只会使我更警惕，因为你本没有理由对我好，这么做无非是别有用心，想损害我东家，为你自己得利。”

计策千百条，诚实最重要。

494 贼和母亲

有个男孩偷了同学课本，带回家去给母亲。她没有打儿子，反倒怂恿他。第二回，儿子偷了大氅回去给她，她居然还夸奖儿子。这少年长大成人，偷的东西也越来越值钱。最后，他在行窃时被抓获，双手反绑着押往刑场公开处决。他母亲在人群中跟随其后，伤心得捶胸大哭。那小伙子看见后说：“我想在我娘的耳边说几句话。”母亲凑到儿子身边，儿子猛一下咬住母亲耳朵，硬把它咬下。母亲骂他，说他是丧尽天良的儿子。他却答道：“唉！要是当初我偷来课本被你打一顿，我就不会落到这地步，也不会这样丢人现眼去死。”

舍不得用棍子就怂恿了孩子。

495　贼和男孩

有个男孩坐在井旁哭泣。贼正好走过，就问他为什么哭。男孩抽泣着给他看一截绳子，说绳子一断，系着的大银杯就掉下，沉到了井底。贼脱了衣服就下到井里，想摸到银杯后据为己有。他摸来摸去没摸到，只得上来，但发现男孩已不在，连自己的衣服也都不见了，全被那伪装的小无赖偷走了。

要抓贼，得有贼的本事。

496　哲人、蚂蚁和墨丘利

哲人在岸上目睹一条船遇难，全体船员和乘客都遭了灭顶之灾。他抨击老天不公，认为老天为惩罚也许乘这船的某个罪人，竟让许多无辜的人一起死掉。他正沉浸在这思绪中，却发现自己被大群蚂蚁包围，因为他就站在蚂蚁窠边上。有只蚂蚁爬上来，叮了他一口，他马上用脚乱踩，把蚂蚁全都踩死了。这时墨丘利出现了，用魔杖打了哲人一下，说道："你自己也这样对待可怜的蚂蚁，难道还有资格判断老天的所作所为？"

497　真情和旅人

有人在沙漠中跋涉，看到一个女人孤零零站着，神情极其沮丧。他问那女人："你是谁？"女人答道："我名叫真情。"那汉子又问："你为什么离开城市，独自待在这荒凉地方？"女人答道："因为在从前，虚假只同少数人在一起，可是现在已同所有的人在一起，不管是你听到的还是讲到的。"

498 主人和狗

有个人遇上暴风雨，耽搁在他的乡间住宅里。为了让家人不致挨饿，他先杀绵羊，接着杀了山羊。但狂风暴雨仍没停止，他只得宰了一头耕牛以供食用。他的几条狗见这情况，便聚在一起商量说："现在是我们离开的时候了；因为就连为他出力挣钱的耕牛，主人也没手下留情，我们又怎么能指望他对我们手下留情呢？"

虐待自己亲属的人，是不可信赖的朋友。

九　神话人物

499　赫拉克勒斯和密涅瓦[①]

有一次赫拉克勒斯走在小路上，见前面的地上有个苹果般的东西。他走过时用脚跟踩了一下，令他好奇的是，那东西非但没碎，反而大了一倍。于是他又踩，还用棍子猛击，但那东西越来越大，以至于堵住了整个路面。他惊讶得扔掉棍子，站定了细看这东西。这时密涅瓦出现了，对他说道："朋友，别去碰它。你眼前这东西就是冲突之果[②]。你不去碰它，它就一直像先前那么小，但如果你用暴力对付，它就大得像你看到的这样。"

500　赫拉克勒斯与财神

赫拉克勒斯升格为神，在奥林匹斯山有了席位，就遍访男女天神，向他们致敬，只是对财神没任何表示。这引起了好奇，于是主神朱庇特一遇到赫拉克勒斯，就向他打听原委。他回答说："我在世上时，总见到财神同恶棍为伍，所以在这里如果被看见同他说话，不知道人家有何感想。"

有财富和受尊敬是两码事。

---

① 密涅瓦是罗马神话中掌管智慧、艺术、发明和武艺的女神，相当于希腊神话中的雅典娜。

② 冲突之果（apple of discord）指希腊神话中三位竞美女神所争夺并导致后来特洛伊战争的金苹果。

501　赫拉克勒斯与赶车人

有个人驾着大车，在乡间小路上走着，突然，轮子陷进了深深的车辙。这傻头傻脑的赶车人急得目瞪口呆，愣愣地站在那里看着大车，什么事也不干，光是大叫赫拉克勒斯来帮忙。据说，赫拉克勒斯果真出现了，对他说道："老弟，用肩膀去顶轮子，抽打拉车的牛，再也别求我来帮你，除非你自己尽了最大努力。要是你以后不自力更生，求我就肯定是白费口舌。"

求人不如求己。

502　赫拉克勒斯与争斗

赫拉克勒斯有一回走在小路上，遇到了怪兽，怪兽抬起头来恶狠狠地盯着他。这位英雄毫无惧色，上前用棍子重重揍了他几下，就想继续走路。不料怪兽增大两倍，更气势汹汹了。赫拉克勒斯加倍用力抽打，又朝四下里猛打一阵。但他的棍子打得越是快越是猛，怪兽就越大越可怕，现在已完全堵住了路。这时，智慧女神雅典娜出现了，对赫拉克勒斯说："住手，别打了。这怪兽名叫争斗。只要不去碰它，很快它就会变小，同原先一样。"

争斗越搅越扩大。

503　河神与牛革

河神见自己的水面上漂着一大张牛革，就问他叫什么。牛革回答说："我叫硬邦邦。"于是河神让水流增大冲力，一边冲向牛革一边说："你另起个名字吧，因为我很快就要把你变得软绵绵的。"

傲慢张扬者，常遭遇不测。

504 密涅瓦与猫头鹰

有一天，密涅瓦对她的猫头鹰说："我最庄重又明智的鸟呀，我一直欣赏你的沉默寡言，现在却想有所改变，希望你展示言谈的才能。因为沉默只有在善于言辞者那里才值得欣赏，他乐意说话时，就能以能言善辩取胜，能以优雅的谈吐迷人。"猫头鹰的回答只是严肃的怪相和无言的表情。密涅瓦叫他别装模作样，快开始说话；但他只是摇摇聪明的脑袋，仍一言不发。这种表现似乎大有智慧，密涅瓦却感到不快，命令他立刻说话，否则自己要发火了。猫头鹰感到别无他法，就凑近密涅瓦，对着她耳朵轻轻说了极为睿智的话："世风败坏如此，所以谁有眼能看又懂得闭嘴很重要，应当被视为最明智的。"

沉默有时胜言辞。

505 墨丘利的像与木匠

一个很穷的木匠，有尊墨丘利的木头雕像。他天天在这神像前上供，求它保佑他发财致富；但是尽管他天天祈求，却越来越穷。一气之下，他把神像从座子上拿下，猛地朝墙上摔去。神像的头被摔掉，金币滚滚而出。木匠连忙捧起说："依我看，你自相矛盾，又不可理喻。因为，我拜你求你的时候，什么好处都没得到；现在我砸了你，却大发横财。"

谁想要祈求恩惠，求的对象要找对。

506 墨丘利和雕刻师

有一次，墨丘利决定去看看自己在凡人中受尊敬的程度。他假扮成人，去了雕刻师工作室。看过各种雕像，他问朱庇特的像和朱诺的像什么价钱。听了报出的价钱，他指着自己的像问雕刻师："对于这尊雕像，你的要价一定高得多吧，因为他既是众神的使者，也是你一切收益的提供者。”雕刻师回答道：“唔，只要你买下那两尊像，这个我就奉送。”

507　墨丘利和旅人

有人将去长途旅行，向旅途保护神祈祷，让他一路顺利并安全回家。他许愿说，如果墨丘利应其所请，那么无论自己路上有何收获，都将奉献一半。出发不久，他见到人家丢失的一袋椰枣和扁桃，大吃一通后，很快只剩下果核与壳。他把这些放在路边祭坛上，祈求墨丘利注意到他已履行诺言，他说：“这里是一样东西的外壳，另一样东西的内芯，我意外收获的一半已奉献给了你。”

想要食言，总有理由。

508　墨丘利和樵夫

樵夫在河边砍柴，不料斧子落进深水里。没有了赖以为生的工具，他坐在河岸上为自己的不幸大哭起来。墨丘利出现了，问他为什么哭。他说了这桩倒霉事，于是墨丘利潜到水下，拿起一把金斧子，问他是不是丢失的那把。他说不是。墨丘利第二次下水，上来时拿着银斧子，再问是不是他的。又听到他说不是，墨丘利就第三次潜下水去，把那丢失的斧子带上来。樵夫说这是他的，为斧子的失而复得高兴得千恩万谢。墨丘利欣赏他的诚实，不但把斧子还他，而且把金斧子、银斧子都送给了他。

樵夫回家，把发生的事告诉朋友们。有个人立即决定去试一下，看自己是否能招来同样的好运。他奔到河边，故意把斧子扔到深水里，然后坐在岸边哭泣。就像他巴望的那样，墨丘利出现在他面前，问他伤心的原因，然后潜到水下取来金斧子，问他是不是丢失的那把。这人急不可耐地抓住金斧子，说这千真万确就是他丢失的。墨丘利对他的欺诈行为十分不满，不但不给金斧子，而且拒绝为他找回他丢进河里的斧子。

欺骗会被欺骗误。

509 墨丘利和商人

朱庇特造人的时候，吩咐墨丘利做一种谎言制剂，加在造商人的材料中。墨丘利按照吩咐，一个个等量照加，就这样造了蜡烛商、食品商、服饰用品商等，一直造到名单上最后一个——马贩子。这时，墨丘利发现谎言制剂还剩不少，就全加了进去。所以，商人多多少少都会撒谎，但没有谁比得过马贩子。

510 墨丘利与土地神

主神朱庇特造了第一对男女，叫墨丘利带他们去土地神那里，教他们在哪里掘地种粮食。墨丘利完成了使命，但土地神不同意这做法。墨丘利坚持说这是主神旨意。土地神说："好吧，随他们喜欢，爱掘多少就掘多少，但他们得付出叹息和眼泪。"

借贷容易付出难。

511 普罗米修斯造人①

按朱庇特的吩咐，普罗米修斯着手造人和其他动物。朱庇特见他造的人不多，大大少于其他动物，而其中人是唯一有理性的，就叫他调整一下比例，让有些动物成为人。普罗米修斯按吩咐照办，所以有些人成了人面兽心。

---

① 普罗米修斯是希腊神话中的人物，为人盗取天火而触怒主神，被锁在山崖上受神鹰折磨，后为赫拉克勒斯所救。

512　朱庇特和乌龟

朱庇特将要娶亲，为了庆祝，决定邀请所有的动物前来赴宴。结果大家都来了，唯独不见乌龟，让朱庇特好生奇怪。后来他见到乌龟，便问他缺席的原因。乌龟说："我不爱出门，哪里都没家里好。"朱庇特听了颇感不快，就此下令：今后乌龟必须把他的屋子驮在背上，哪怕想离开屋子也不行。

触怒天神不值得。

513　朱庇特、尼普顿、密涅瓦与莫摩斯[①]

据传，第一个人是朱庇特造的，第一头牛是尼普顿造的，第一所房子是密涅瓦造的。他们完工时发生争论：究竟谁的活干得最完美。他们同意让莫摩斯做裁判，以他的意见为准。莫摩斯妒忌他们的手艺，把三种成品都挑剔一番。他先是指责尼普顿的活，因为没让牛角长在眼睛下，否则牛就可看清他用角扎的地方。随后，他说朱庇特的活不行，因为没把人的心放在身体外，否则就可看出坏家伙打什么主意，然后采取预防措施，免遭伤害。最后，他猛烈抨击密涅瓦，因为没设法在房屋基脚安上铁轮，所以即使邻居讨厌，也无法轻易搬家。对莫摩斯这种心怀不满的吹毛求疵，朱庇特大为恼火，撤掉了他的裁判职务，把他从奥林匹斯山的殿堂赶了出去。

514　朱庇特与猴子

朱庇特向林中所有的野兽发布通告，说谁的子女被认为最好看，他就以帝王之尊给谁重赏。猴子随大家一起来了，她满腔母爱，捧出

① 尼普顿是罗马神话中的海神，相当于希腊神话中的波塞冬。莫摩斯是希腊神话中的嘲弄和非难指摘之神。

鼻子扁平、周身无毛、容貌丑陋的幼猴，也想夺标。面对哄堂大笑，她毫不动摇，说道："我不知道朱庇特是否会把奖颁给我儿子，但有一点我知道，就是我作为他母亲，至少在我眼里，他是最可爱、最体面、最美丽的。"

要学会尊重自己。

515 朱庇特与马

马走近朱庇特的宝座说："人类和兽类的父亲啊，你创造万物美化这世界。据说在你创造的生灵中，我是最高贵者之一，而我的虚荣心使我相信这一点。不过，你是否认为我的外形还可改进？"体恤下情的神答道："你觉得哪些方面可改进呢？讲出来，我乐于听取各种意见。"马说："要是我的腿再长一点、细一点，我会跑得更快；要是有天鹅那样的长脖子，我会更美；要是有更宽的胸脯，我就会更有力气；还有，既然我注定给你宠爱的人类当坐骑，那么，干脆让好心的骑手为我提供的鞍子成为我身体一部分，不也很好，而且一劳永逸。"朱庇特接口道："妙，请耐心稍等！"随后，这神明神情庄重地说声"造"。只见地上尘土动起来，有条有理地结合，转眼间，宝座前出现了令人生畏的骆驼。马看了哆嗦一下，随即因极度厌恶而抖个不停。朱庇特说："这些腿比较长比较细；这脖子很长，像天鹅脖子；这胸脯比较宽；这是现成的鞍子！你希望我赋予你同样的外形！"马还是颤抖。朱庇特继续说："走吧，这回给你警告就算了，不另外处罚你。不过，为让你能想起自己的放肆，这种新创造的动物得继续存在！"随后，他鼓励似的看了骆驼一眼说："要让马看到你就害怕，就发抖。"

516 朱庇特与众兽

朱庇特这天心情特好，召众兽前来，要他们看看自己并互相瞧瞧，谁的长相若可有所改进，尽管放胆说出。随后他开了口："来，无尾猿先生，你第一个讲。先瞧瞧四周，然后再说说，你对自己的尊容满意吗？"无尾猿说："我想是满意的，有什么理由不满意呢？如果我像熊大哥那样臃肿，倒可能要发怨言了。"熊咆哮道："我倒看不出自己有什么可挑剔的；不过，你若有办法弄长大象的尾巴，修整他的耳朵，对我们这朋友倒是一种改进。"大象接过话头说，他一直以为鲸鱼体型太大，不可能秀丽漂亮。随后蚂蚁又说螨虫太小，[①]不值一提。大家都这么自以为是，让朱庇特大为不快，就打发他们去各干各的事了。

① 这里蚂蚁说起螨虫，可能是因为英语中有"大象身上的螨虫"（大小悬殊）这一俗语。

十　植物和无生命事物

517　枞树[1]和刺藤

枞树自以为了不起，对刺藤说道："你一无用处；而我呀，无论哪里盖房子，做屋顶，都要用到我。"刺藤答道："你这可怜的家伙，斧子和锯子马上要叫你横躺在地上了，只要你想想这锯斧之灾，就巴不得自己是刺藤，而不是枞树了。"

与其富而多忧，不如穷而无虑。

518　橄榄树和无花果树

橄榄树嘲笑无花果树，因为她自己常年碧绿，而无花果树的叶子却受季节影响。后来大雪降临，发现橄榄树叶子繁多，便聚集在她枝叶上，压得它们纷纷断掉，毁了她容貌，送了她的命。但是无花果树已没有树叶，雪就从树枝间落到地上，没对他造成任何损害。

519　葫芦与松树

有一次，葫芦种在高大挺拔的松树旁。那段时间风调雨顺，葫芦往上猛蹿，在松树的枝干上攀缘着盘绕着，不久爬上树顶，盖过松树。葫芦的叶子很大，花朵和果实又很好看，同松树细细的松针一

---

① 枞树即冷杉。

比，葫芦信心十足，觉得自己比松树更有价值。于是，他对松树说："哟，长到这么高，你花的年头比我花的天数还多。"松树答道："你讲得很对。我经历过许多冬天和夏日，承受过许多严寒和酷暑，但你瞧，我同多年前一样，没什么能把我打垮。如果你们这类东西碰上如此考验，只要来一次霜冻或类似的小灾难，肯定就打掉你的神气活现，顷刻之间你那种风光就会一扫而尽。"

时间考验价值。

520 胡桃树

路边耸立着一棵胡桃树，树上果实累累。过路人要吃胡桃，就用石头和棍子又砸又敲，弄断了许多树枝。胡桃树可怜巴巴地叹道："唉，我真是不幸！我的果实让人家吃得开心，可人家竟这样报答我，弄得我浑身疼痛。"

慷慨未必得善待。

521 移植老树

农夫特别看重他果园里的一棵苹果树，每年都把这树的果子当礼物送给东家。东家很喜欢这些苹果，就把这树移植到自己园子里。但移植后的树不久便凋萎，于是果子和树都没了。东家反思道："这就是移植老树的结果，为的是满足过分的欲望；要是我能满足于果子，让树留在佃户那里，不就挺好吗？"

522 玫瑰和不凋花

花园里种着一棵不凋花，它对身旁的玫瑰说："玫瑰真是可爱，无论神还是人，都非常爱你们。你们美丽又芬芳，我实在羡慕。"玫瑰答道："亲爱的不凋花，说真的，我只有短短的花期！就算没残忍的手把我从花茎上掐走，我也注定很快就凋谢。而你却是永生的，永远不会凋落，常开常新。"

能够经年历久，才是品质优秀。

523　葡萄树和山羊

在收葡萄酿酒的季节，葡萄树叶子茂盛，果实累累。山羊经过时就咬它鲜嫩的卷须和叶子。葡萄树对羊说："你为什么无缘无故这样糟蹋我，啃掉我叶子？难道没有了青草？不过，用不了多久，我就能报仇雪恨，讨回公道。因为，尽管你啃掉我的叶子，把我齐根咬断，但是，当你被牵去宰了祭神时，我会提供浇在你身上的葡萄酒。"

虐待人家会招来报应。

524　神保护的树

据传，众神选出一些树，置于他们的特别保护下。朱庇特选了橡树，维纳斯选了香桃木[①]，阿波罗选了月桂，西布莉[②]选了松树，赫拉克勒斯选了杨树。密涅瓦感到奇怪，他们为什么都选不结果实的树，就询问其中道理。朱庇特答道："要是选长果子的树，就显得是贪图由果子而来的名声。"但密涅瓦说："不管人家怎么说，我就因为橄榄而最喜欢橄榄树。"听了这话，朱庇特说："我的女儿呀，人家说你聪明是有道理的。因为除非做的事确实有好处，否则，光有这名声是没意思的。"

一切事物的有效价值，同其实用价值成正比。

---

① 香桃木又称爱神木、番樱桃，结紫黑色浆果。

② 西布莉是古代小亚细亚人崇拜的自然女神，相当于希腊神话中的多产女神瑞亚。

525 石榴树、苹果树和刺藤

石榴树和苹果树发生争论，因为都觉得自己最美。他们争得不可开交时，附近树篱上的刺藤提高嗓门，用自以为不可一世的口气说道：“我亲爱的朋友们，请停止这种无聊的争论吧——至少在我面前别这样。”

526 树和斧子

有个人走进森林，向树提出申请，希望给他提供一个斧头柄。那些树同意了，给他一棵小梣树。这人用它做成新的斧柄，装上了斧头，随即挥动斧子，很快砍倒林中几棵最好的大树。有棵老橡树眼看伙伴们一个个倒毙，悔恨不迭，对边上的雪松说：“第一步走错，把我们全毁了。如果当初不牺牲梣树的权利，我们仍可能保住自己的权益，久久挺立在这里。”

527 树篱和葡萄园

有个傻小伙子继承了聪明父亲的产业，只因为葡萄园周围的树篱不产葡萄，就把这些树篱全弄掉。但没有这屏障之后，人和兽都可自由出入他的园地，结果葡萄很快给毁了。这头脑简单的家伙终于明白，保护自己的葡萄园同拥有它一样必要。可惜他明白得太晚。

528 橡树和伐木人

伐木人砍倒山上一棵大橡树，为了省力地把树干剖成几块，就用树枝当楔子打进树干。橡树叹气说：“我倒不在乎斧子朝我根部砍，但拿我的树枝做楔子把我剖开，我实在伤心。”

自己造成的不幸，最最使我们伤心。

529　橡树和柳树

自负的柳树很虚荣，有一次向强大的橡树邻居挑战，要比比谁更有力量。胜负将由下一次风暴决出，于是双方都请求风神埃俄罗斯用足气力。风神当即应允，刮起猛烈的飓风。柔韧的柳树在风中退缩摇摆，顺风势而动；豪迈的橡树不屑于退让，硬顶着狂啸的风，结果根部折断。柳树得意非凡，当即宣称获胜。但倒下的橡树打断他的欢呼，说道：“你把这称作力量比试？可怜的家伙！你现在安然无恙，并不因为力量，而因为软弱；不因为你勇敢面对危难，而因为卑怯地躲避危难。我虽倒下，却仍是橡树；你虽毫无损伤，依然是柳树。除了你这样差劲的家伙，谁肯靠曲意逢迎或怯懦苟且偷生，而不敢在勇敢的对抗中光荣牺牲？”

勇于为崇高事业献身值得夸奖，逃避死亡的技巧本领不配宣扬。

530　橡树和芦苇

巨大的橡树被风连根拔起，横倒在小溪上，周围有一些芦苇。他对芦苇说：“我真感到奇怪，你们这么柔弱，竟没有被大风摧毁。”芦苇们答道：“你同风搏斗对抗，结果就被打垮；我们恰恰相反，只要有一丝风，我们就弯下腰去，避免了被摧折的命运。”

忍受委屈，以求胜利。

531　橡树和朱庇特

橡树对朱庇特诉苦说：“我们毫无理由地承受着生活压力，因为所有的树木中，只有我们老处在斧头的威胁下。”朱庇特答道：“你们倒应该为面临这不幸而庆幸。要是你们不能成为上好的梁柱，不能表明你们是木匠和农家的有用之材，斧子就不会经常落到你们的根部。”

532　北风和太阳

北风和太阳各不相让，都说自己比对方有威力，最后一致同意，如果谁能够先让一个赶路人脱下衣服，就算是赢家。于是北风先来显威风，使足了劲吹去，但风越是凛冽，赶路人越是把身上的斗篷裹紧。最后，北风眼见无法获胜，便叫太阳一试，看他有何本领。太阳顿时照耀起来，散发出他全部热力。赶路人感受到他温暖的光，便把衣服一件件脱下，最后还是热得受不了，就脱光衣裳，跑到路边小河里去泡着了。

威逼不如劝导。

533　两柄大镰刀

谷仓里，两柄大镰刀被放在一起。一个缺少应有的长柄，无法使用，被撂在那里生锈；另一个完整光洁，状况良好，经常用来割麦。生锈的那位说：“我的好邻居，我很可怜你。你为别人的收获干得很苦，还常在可憎的磨刀石上磨来磨去，甚至打磨出火星；而我十分悠闲，过得安静又安逸。”亮晃晃的镰刀答道：“我俩的境况是很不同，邻居先生，请允许我解释一下。我承认干得很卖力，但是为大众利益干有回报，就是让我变得很重要。你说得不错，我被粗糙的磨刀石打磨得很锋利，但正因为如此，我变得更有用；而你呢，成了娇气和懒散的牺牲品，无足轻重又难以自拔，既毫无用处，也得不到同情，到头来被斑斑锈迹所吞噬，被人们所遗忘。”

怠惰有什么苦恼，勤勉怎么会知道。

534　空头大诺

有个穷人生了病，听医生说没救了，只得祈求天神。他对阿波罗和医药之神许愿，[①]说是谁治好他的病，他肯定献祭一千头牛。妻子提醒他许诺要慎重；因为一旦病好了，哪来这么些牛？他却笑妻子说傻话；因为天神要管很多事，哪有功夫下凡同他打官司讨债？天神为考验他的诚信，让他康复了，但他没牛可献，就用面团做成牛供在祭坛上。他这样糊弄天神就招来了报复。有个精灵来到他梦中，要他去海边找到某地，就可获得一笔可观的钱财。他去那里寻找时，落进海盗之手。他苦苦哀求放了他，答应付一千金币作为赎金，但海盗们不信，把他带去卖了一千银币，而他就此沦为奴隶。

恶棍生了病，想改邪归正；而一旦病愈，就故态复萌。或：恶棍生了病，才想做好人；而一旦病愈，人就是恶棍。

535　大山临产

有一次，大山剧烈地颤动起来。大群大群的人听到大声哼哼和喧扰声响，便从各处赶来，要看看出了什么事。他们满心忧虑地聚在一起，以为要发生可怕灾祸，却只见跑出来一只老鼠。

不要大惊小怪地无事忙。

536　冬天和春天

有一次，冬天取笑春天，说春天一到，谁都不得安宁了：有的人去草地或林中，高高兴兴采百合，采蔷薇，赞美一通又插进头发；有的人登船过海去见外地的朋友。没人再怕大风与洪水。冬天接着

① 阿波罗也掌管医药。希腊神话中的医药之神则是阿波罗与仙女科洛尼斯的儿子阿斯克勒庇俄斯。

说："而我像个霸王，吩咐他们不得举眼看天，得战战兢兢垂头看地，有时不得出门，整天待在家里以防不测。"春天回答道："所以人们乐于摆脱你。而我相反，对他们来说，我的名字就意味着美，老天可以做证，是所有名字中最美的！所以，当我消失不见，他们会惦念我，而当我一出现，他们就满怀欢欣。"

537 妒忌和贪心

两个人结伴向朱庇特请愿，一个人贪心，另一个人完全受妒忌心摆布。阿波罗受命处理他们的要求，对他们说，谁提出要求就会得到满足，不管提要求的人得到什么，没有提要求的人将得到双份。那贪心的家伙为得到双份，硬是不开口。那妒忌的家伙为此心怀怨毒，就要求让自己瞎掉一只眼，为的是让他的伙伴瞎掉双眼。

妒忌别人，伤了自己。

538 狗屋

冬天狗很冷，蜷缩成一团，占的地方越小越好。这时，他决定给自己盖房子。夏天到了，他躺在地上睡觉，把身子摊得很开，觉得自己是庞然大物。这时他感到，给自己造合适的房子不容易，也没有必要。

539 鼓与香草瓶

鼓对盛放香草的瓶子夸耀说："你听听！我嗓音多响，老远就能听到。我能激动人心，让人听到我无畏的呐喊就勇敢投入战斗。"香草瓶一声不吭，只是把清幽的香味散发到空气中，仿佛在说："我不会讲话，我知道骄傲不是好事，但我身体里藏满了好东西，它们乐于散发出来，给人们快感和慰藉。人们需要我，会被我吸引，以后还会怀着感激之情怀念我。你身体里除了噪声什么也没有，而要你发出噪声，还必须敲打你。如果我是你，才不会那样大吹大擂呢。”

540　两个罐子

两个罐子在河里顺流而下，一个是陶罐，一个是铜罐。陶罐对铜罐说：“请同我保持距离，不要靠近。因为，即使你轻轻碰我一下，我也会变成碎片；再说，我也不想同你亲近。”

彼此平等，友情久长。

541　三个罐子

守财奴搜刮一辈子，积攒了大量金币，装进三个罐子后埋好。临死前，他把三个儿子叫到床边，说是给他们留下这宗财宝，又说了埋的地点——一共是三罐，一人一罐。他还没说完，就一下昏死过去，随即断了气。三个年轻儿子从没见过那些罐子，他们想，三个罐子多半大小不同，里面的金币有多有少。父亲死前既然没讲明哪个罐子给哪个人，他们就得自己解决这事。于是，为财富分配问题，他们争得面红耳赤，都认为自己该得最大的一罐——老大自不用说；老二觉得没有地产供养自己；老三自恃最受宠爱，一口咬定如果父亲把话说完，那么最大的一份肯定给他。他们越吵越厉害，很快就打起来，结果都受了伤。经过诅咒、打斗、记仇，最后，他们挖起那三个罐子，发现它们大小一样，所装金币相同。

争吵前，先弄明白原因。

542　河流与大海

河流汇合在一起，埋怨大海说：“我们淌进你的洪流时，都是清冽可口的，为什么你让我们发生变化，变得又咸又苦不能饮用呢？”大海看出他们要把责任推给他，答道：“别再往我这里流了吧，这样你们就不会变咸了。”

有利于自己的事，有些人还要挑刺。

543　致命的婚姻

老鼠感恩图报，帮了狮子大忙。狮子非常感动，决心比任何动物豪爽，便叫这小小解救者尽管提要求，无论要求什么，他保证满足。这慷慨许诺使老鼠豪情满怀，较多考虑大王给厚赏的能力，却没好好考虑提什么要求恰当。于是他冒失地提出，要娶狮王的女儿小母狮为妻。狮王同意了，但老鼠还没正式成为小母狮的夫君，行动向来轻率的狮公主走路一不小心，正巧让脚掌踏在前来迎接她的配偶身上，把这小郎君踩得粉身碎骨。

做出选择前如果考虑不周到，我们会发现处境比先前更糟。

544　两只口袋

据传，每个人来到世上，颈子下都挂有两只口袋——小口袋挂在胸前，装满了人家的缺点；大口袋挂在背后，装满了自己的缺点。所以，看别人的缺点一目了然，然而自己的不足之处常常看不到。

看人家的缺点总比看自己的容易。

545　吱嘎作响的轮子

赶车人听到有个车轮噪声特响，下车一看，那是四个车轮中最差的一个。他问这轮子为什么这样胡乱出声。轮子回答道，自开天辟地以来，哼哼唧唧一向是弱者的特权。

烟虽大，火焰小。

546　名节、勤俭和玩乐

名节、勤俭和玩乐共同管理家务。名节负责管理一家老少，勤俭负责一家开销，玩乐负责做些调剂。起先三者的合作很成功很得体，但过了一阵，玩乐占了上风，开始过度寻欢作乐，让屋子里满是好吃懒做的喧嚣放荡之徒，结果开销太大，让这个家有破产之虞。名节和勤俭感到必须中止合作并决定离开，把这个家留给玩乐去自行其是。但玩乐很快就陷于贫困，只得去从前的伙伴那里乞讨。名节和勤俭虽然周济她，节日里也偶尔叫她来家里助助兴，搞点欢乐气氛，但再也不让她来共同治家了。

放纵看来很诱人，但后果吓人。

547　勤勉与懒惰

有人问懒散的年轻人，为什么躺在床上这么久。年轻人并不介意，开玩笑似的回答说："在我的生活中，每天早晨要上两堂很长的课。因为我有两个好姑娘侍候在床边，一个叫勤勉，一个叫懒惰，我刚醒来，她们就开讲，一个求我起床，另一个劝我再睡；随后她们给我讲各种各样的道理，为什么该起来或不该起来。我这人处事公正，绝不偏听偏信，应当听完双方的说辞，所以，她们的话还没完，就到了正式开饭的时候。"

勤快没多少理由，懒惰有很多借口。

548　两股泉水

两股泉水出自同一座山，一起流下山去。一股泉水平静无声，另一股泉水湍急喧嚣。后者对前者说："妹妹，按你这流速，可能流不到多远就会干涸；而我呢，我敢打赌，不用流上几十里就可行船，可把商贸和财富带到流经之处，然后浩浩荡荡去向海洋致敬。再见，亲爱的妹妹，耐心地认命吧。”她妹妹没有回答，而是悠缓地流向下面的水草地，一路上接纳无数细流，让自己水势越来越大，最后成为大河。而那骄傲的泉水自高自大自满，依然是浅浅小溪，最后投入被她瞧不起的妹妹的怀抱，得到了帮助才高兴地继续流下去。

别看开始时多喧闹、张扬、铺张，倒是那些沉稳、平静的更有指望。

549 善与恶

在人间万事中，善与恶都有份，但是有一回，恶把所有的善赶走了，因为恶凭着数量优势，赢得胜利，要独霸世界。善飘飘悠悠到了天上，要求天庭主持公道，惩罚把他们赶走的恶，为他们报仇。他们向朱庇特提出请求，要他别再让他们同恶待在一起，因为善与恶毫无共同之处，不能共同生活，硬凑在一起，冲突会没完没了。他们还求朱庇特，要他立下永远不能撤销的法律，以保护他们未来的安全。朱庇特同意他们的请求，定下法令：今后，恶到世上去，必须成群结队，但是善到人间去，得一个一个去。这样就产生一种情况：恶大量存在，因为不是一个一个来，是大批大批来；而朱庇特给大家的善却不一样，只是一个个分散的善，孤孤单单地给那些能够识别他们的人。

550 石头汤

狂风暴雨的日子里，有个穷人来到豪宅前乞讨。“滚开！”看门人喝道，“别来烦我们。”穷人说：“我只求让我进去，在火边把身上衣服烘烘干。”仆人想，这不费他们什么事，就让他进去了。穷人随即请厨娘把锅借他一用，让他做石头汤。“石头汤？”厨娘说，“我倒想看看，你怎么用石头做汤。”她把锅递给穷人。穷人用泵往锅里放水，还放进一块路上捡的石头。厨娘说：“你得放点儿盐吧。”穷人有礼貌地问道："你说呢？"厨娘把盐给他，过了会儿，又给了豌豆、薄荷、百里香。最后，厨娘找来所有碎肉。结果，穷人的这道汤让他美餐了一顿。他说："你瞧，只要你怀着希望，坚持干下去，尽量利用已有的东西，到头来就可能得到你想要的东西。"

551　桃子、苹果和黑刺莓

桃子和苹果都认为自己比对方好看，于是争论起来。他们越吵越响，边上一道树篱上的黑刺莓听到了，他也认为自己好看，就对那两位说："好啦，好啦，我们都是朋友，都很好看。我们之间就不要争吵了，求你们啦。"

要有自知之明。

552　油灯

一盏灯的灯芯浸足了油，灯火亮堂堂，便自吹自擂起来，说是比太阳还亮。不料一阵风来，顿时把它吹灭了。灯的主人又把它点上，说道："别再吹嘘了，以后还是安分些，不声不响地发光吧。要知道，就连星星也是用不着重新点火的。"

553　寓言的威力

狄马德斯是希腊著名演说家，一次在雅典的集会上讲述重大问题，但没法让听众集中注意力听讲。他们有的管自说笑，有的看儿童玩耍，总之表现各种各样，但显然对报告内容都缺乏关注。狄马德斯停顿了一下，随即说道："有一天，谷物和耕作女神刻瑞斯同燕子和鳗鲡结伴出游。"此话显然引起了注意，每只耳朵开始生怕漏听一个字。于是狄马德斯继续说道："他们来到河边，鳗鲡游了过去，燕子飞了过去。”接着，他回到那重要的演讲，但听众里响起喊声：“刻瑞斯呢？刻瑞斯怎么样？”“刻瑞斯怎么做呢？”狄马德斯答道：“哦，这位女神现在真的很不高兴，因为人们的耳朵对种种蠢话开放，而对充满智慧的真话关闭。”

听说话要有选择，怎么选要靠习得。

554 月亮和她的母亲

月亮有一次求她母亲为她做一件合身的小衣裳。母亲回答说：“我哪能给你做合身的衣裳？你这会儿是一弯新月，过一阵却是一轮满月，而别的时候既非新月又非满月。”

变化无常，满足就难。

555 钻石与萤火虫

一位女郎傍晚走在花园露台上，她首饰上的独粒钻不幸掉落。萤火虫看到它掉落的那个刹那，眼见那晶晶闪烁随即被夜色吞没，就开始嘲弄钻石：“你不就是那奇妙东西，夸耀自己璀璨夺目？现在你那自吹自擂的光芒哪里去了？唉，你撞上了恶时辰，被坏运抛到我上好的光辉之下。”钻石回答道：“你这自高自大的小虫，要不是周围一片黑，哪显得出你这点微光？要知道，我的光泽经得起白天考验；大白天的光能分辨一切，让你这黑幽幽的卑劣小虫原形毕露，而我却主要得益于这种光。”

置于强光下，利和弊都显而易见。

后　记

因一个偶然的机缘，我译了《伊索寓言》，想不到此后四分之一世纪里，拙译像越滚越大的雪球并有了八种版本，其中六种散文本，所收篇目从当初的313则增添到507则，成了汉译本中收罗最广的。如今的这本增添到555则——今后不会再有所增添，因为我眼力已山穷水尽，只能到此为止，不可能翻译了。

作为拙译“伊索”的最后一本，我觉得应当把以前几版的情况大致交代一下。

拙译《伊索寓言》初版于1997年1月，由北岳文艺出版社推出，但除了字体稍大，其他在用纸、装帧、封面设计等方面乏善可陈，连原作中的插图也未好好利用，让我颇感失望，同时有了个心愿：今后一定要重出该书，让它成为汉译《伊索寓言》中富有特色的一种。

2007年，在另外三种插图本拙译陪伴下，此书在湖北教育出版社精装出场，这第二版的面貌焕然一新，内容也有较大改观。英汉对照的译文既有较多修改，又增添了25则寓言，还用了三套黑白插图，至今仍可谓寓言中插图最丰富的一本，书后更有附录“《伊索寓言》500年插图举隅”，简介了《伊索寓言》插图的悠久历史和不同品种。值得一提的是，同时推出的另三本书中，一本是《拉封丹寓言全集》，用上了全套多雷的精美插图，这在国内大概还是首次；一本是蒲柏的名作《秀发遭劫记》(过去国内对这位英国18世纪大诗人只见零星介绍)，用的是比尔兹利插图；《柔巴依集》则用了四套名家插图——2007年4月13日《文汇读书周报》以“美轮美奂柔巴依”为题做了整版介绍，也许由此还引发了国内对《柔巴依集》丰富插图的关注、收藏和研究——如今国内已有精美专著出版。

2016年，陕西师大出版总社推出了一套拙译，其中包括“伊索”。正巧美国 Barnes & Noble 公司于2013年出版了厚厚的插图本，号称收有400多则伊索寓言，其中100多则我未曾译过，于是译出后添加到第二版中，使拙译的伊索寓言增至507则，书名为《伊索寓言500则》。从这一版起，为读者查找方便，拙译“伊索”中开始不用目录而试用索引。

这本书同湖北教育版那本一样，内容既有增加，文字也有修订，所以被我视为拙译“伊索”的第三版。

然而，在这第二版和第三版之外，还有被我“忽略”的两版。2007年出了湖北教育版的那本之后，北岳文艺那个初版本在我心目中已“自动报废”。不料多年后有单位来联系，说是希望出我2011年北岳文艺版的《伊索寓言》。我大惑不解，因为该社与我的合同到期后既未续约，我也未再授权，哪来的2011年版？买来一看，果然是北岳文艺出版社于2011年出版——将1997年初版本中的插图全部撤掉并换个封面，便是这版本了。

可顺便一提的是，这之后还有不同出版社来电，希望我授权给他们出拙译的“伊索”或“拉封丹”，但因在合同期内，我只能谢绝。来电要《伊索寓言》的女编辑最后的话很妙，至今言犹在耳。她说：“你这样做只是损己不利人。这书我们总要出的。现在译本多的是，我们出你的老书，未必会影响你新书的销路；若有影响，我们出别人的对你那本不也有影响？你不给，我们可以找别人，即使找人重译也不难。”话虽然不好听，但读者买《伊索寓言》也并非一定要买拙译的，而比起不告自取，这样说这样做毕竟光明些。

2017年7月，北京日报出版社也出了我那旧译，这虽然经我同意，但奇怪的是，书后多了三则寓言，《富人与哭丧女》《蔷薇与鸡冠花》《核桃树》，都不是拙译，而且后两则与拙译中的《玫瑰和不凋花》《胡桃树》基本重复。该书同2011年那版一样，出版前我没见过，也没改过，所以对我说来，这两个版本与初版本无异。

我爱好诗歌翻译，自然注意到英语中有大量《伊索寓言》的诗体本，其中我特感兴趣的是林顿那本《宝宝的伊索》，全书66首寓言不仅有名家科瑞恩配图，而且都以一种五行定型诗体“立马锐克”

（limerick）写成——对我来说，译这种格律诗还有其学术意义。

英文《宝宝的伊索》总共330行，译完后意犹未尽，想到希腊的散文寓言既然可“译成”英语诗，我不也可把英语散文寓言“译成”现代汉语诗？何况早有把英语诗译成汉语散文的例子，那么倒过来做也是一样道理，而这做法前所未有，这样做应当更有意义更有趣。于是也用“立马锐克”做成《伊索寓言诗365首》。当然，它与《宝宝的伊索》的性质，或者说，在“译”的程度上有所不同：它属于“译写”或“改写”，而后者是翻译。

《伊索寓言》有无数汉译本，但诗体本似乎仅此两种。这里有一点需说明。《宝宝的伊索》虽翻译在先并按约于2016年年底交稿，但成书很晚。据责任编辑说，该书早在2017年已开始“在设计”，随后“在做”，但出书却在2020年10月，比合同约定的2017年年底晚了约三年！《伊索寓言诗365首》的完成尽管晚得多，陕西师大社却于2017年8月出书，反倒成了《伊索寓言》的首个诗体汉译本。

将《宝宝的伊索》和《伊索寓言诗365首》放在一起，读者会感到奇怪：后者显然是前者影响下的产物，理当翻译在后，《伊索寓言》的首个诗体本应是前者，为什么出版顺序却倒过来还差了三年？所以要说明一下：这出版顺序是“被颠倒”的。

2018年11月，四川人民出版社与我联系，说他们与小学语文教材配套的阅读丛书要用拙译《伊索寓言》。我感到荣幸并想起一件往事。1987年10月，四川人民出版社出版了著名选本《英诗金库》（*The Golden Treasury of the Best Songs and Lyrical Poems in the English Language*）。出这英汉对照译诗集是一项壮举，该书至今仍是同类出版物中篇幅最大的。其中译者众多，让我了解到英诗汉译的现状和概况。更让我感念的是，对于书中菲茨杰拉德（Edward Fitzgerald）的名篇 *Rubáiyát of Omar Khayyám*，该书用的标题是拙译的“奥马尔·哈亚姆之柔巴依集”，而非郭沫若广为人知的“莪默·伽亚谟鲁拜集”，而菲氏那75首柔巴依中，用了拙译51首，郭译21首，闻一多译3首——后来据责任编辑相告，这样的选择和安排出于多方面考虑。可以想象，对当时初出茅庐的译诗者，这是什么样的鼓励和支持！

我决定让2007年那本《伊索寓言》去“发挥余热”，想到自己童年时最早接触的外国文学是它，如今到了“八零后”，又以它来结束翻译生涯，这“轮回”倒也有趣。为了增添新内容，我翻阅了Wordsworth版（1994）和Penguin版（1998）等六种英语《伊索寓言》，发现了40多则前所未见的（英译者为V. S. Vernon Jones, Robert Temple, Olivia Temple等），于是我这第八本“伊索”中含寓言382则，虽远少于500则，但仍多于坊间常见的汉译本，而这样的篇幅正适合“配套阅读”本。

翻译《伊索寓言》给了我很多乐趣，也让我对之有较多思考，结果，在《伊索寓言诗365首》的基础上，我写出由其引发并与之相应的《索伊寓言诗365首》。这不是翻译，但标志着我译事的结束，因为我的眼力已不能翻译，这才想到写此书。

拙译的500多则伊索寓言未能集于一册，总是遗憾，所以我这最后一本“伊索”里让它们集中在一起，同时还增添几则出自Roger L'Estrange的“伊索”，于是本书成为《伊索寓言：555则》。本书还有个改进。考虑到伊索寓言的编排无序可循，且篇目繁多，为进一步便于查找，本书中将寓言中的主体分成10大类。如此一来，也利于对比阅读。

黄杲炘

2020年10月

经典译林

Yilin Classics

书名	单价	书名	单价
癌症楼	78.00 元	艾青诗集	35.00 元
爱的教育	39.00 元	爱丽丝漫游奇境	29.00 元
安娜·卡列尼娜	65.00 元	安徒生童话选集	42.00 元
傲慢与偏见	36.00 元	奥德赛	92.00 元
八十天环游地球	32.00 元	巴黎圣母院	42.00 元
白洋淀纪事	39.00 元	百万英镑	35.00 元
包法利夫人	38.00 元	悲惨世界（上、下）	98.00 元
背影	28.00 元	被侮辱与被损害的人	39.00 元
边城	36.00 元	变色龙：契诃夫中短篇小说集	39.00 元
彼得·潘	35.00 元	变形记 城堡	38.00 元
草叶集：惠特曼诗选	39.00 元	茶馆	32.00 元
茶花女	35.00 元	查拉图斯特拉如是说	38.00 元
沉思录	29.00 元	城南旧事	29.00 元
吹牛大王历险记（插图版）	35.00 元	大卫·科波菲尔（上、下）	79.00 元
当代英雄	45.00 元	稻草人	29.00 元
地心游记	32.00 元	飞鸟集·新月集：泰戈尔诗选	39.00 元
飞向太空港	39.00 元	福尔摩斯探案集	58.00 元
复活	42.00 元	傅雷家书	49.00 元
富兰克林自传	36.00 元	钢铁是怎样炼成的	39.00 元
高老头	39.00 元	格列佛游记	35.00 元

书名	单价	书名	单价
格林童话全集	49.00 元	给青年的十二封信	38.00 元
古希腊悲剧喜剧集（上、下）	118.00 元	海底两万里	38.00 元
红楼梦	69.00 元	红与黑	49.00 元
呼兰河传	35.00 元	呼啸山庄	39.00 元
基督山伯爵（上、下）	108.00 元	纪伯伦散文诗经典	42.00 元
寂静的春天	35.00 元	假如给我三天光明	32.00 元
简·爱	39.00 元	金银岛	35.00 元
经典常谈	29.00 元	荆棘鸟	45.00 元
静静的顿河	128.00 元	镜花缘	49.00 元
局外人·鼠疫	38.00 元	菊与刀	35.00 元
克雷洛夫寓言	32.00 元	宽容	32.00 元
昆虫记	39.00 元	老人与海	32.00 元
理想国	45.00 元	聊斋志异	55.00 元
了不起的盖茨比	38.00 元	列那狐的故事	39.00 元
猎人笔记	38.00 元	林肯传	39.00 元
柳林风声	36.00 元	鲁滨逊漂流记	39.00 元
鲁迅杂文选集	36.00 元	绿野仙踪	32.00 元
绿山墙的安妮	36.00 元	论人类不平等的起源和基础	35.00 元
罗马神话	16.80 元	罗生门	39.00 元
骆驼祥子	32.00 元	美丽新世界	35.00 元
秘密花园	36.00 元	名人传	39.00 元
木偶奇遇记	35.00 元	拿破仑传	49.00 元
呐喊	29.00 元	牛虻	38.00 元
欧·亨利短篇小说选	36.00 元	欧也妮·葛朗台	32.00 元

书名	单价	书名	单价
彷徨	32.00 元	培根随笔全集	38.00 元
飘（上、下）	88.00 元	普希金诗选	42.00 元
骑鹅旅行记	36.00 元	乞力马扎罗的雪	39.80 元
热爱生命·海狼	38.00 元	人间草木：汪曾祺散文精选	49.00 元
伊索寓言：555 则	36.00 元	人性的弱点	39.00 元
人类群星闪耀时	36.00 元	儒林外史	42.00 元
日瓦戈医生	68.00 元	三国演义	59.00 元
三个火枪手	59.00 元	莎士比亚喜剧悲剧集	49.00 元
沙乡年鉴	42.00 元	神秘岛	48.00 元
少年维特的烦恼	28.00 元	十日谈	68.00 元
神曲（共三册）	128.00 元	双城记	45.00 元
世说新语（上、下）	89.00 元	受戒：汪曾祺小说精选	46.00 元
四世同堂（上、下）	78.00 元	水浒传	69.00 元
苔丝	39.00 元	宋词三百首	39.00 元
谈美书简	36.00 元	谈美	35.00 元
汤姆叔叔的小屋	45.00 元	汤姆·索亚历险记	32.00 元
堂吉诃德	78.00 元	唐诗三百首	39.00 元
童年	38.00 元	天方夜谭	42.00 元
瓦尔登湖	36.00 元	童年·在人间·我的大学	49.00 元
乌合之众	35.00 元	我是猫	39.00 元
雾都孤儿	44.00 元	物种起源	42.00 元
西游记	62.00 元	西顿野生动物故事集	38.00 元
悉达多	32.00 元	希腊古典神话	49.00 元
乡土中国	36.00 元	小妇人	45.00 元

书名	单价	书名	单价
小王子	29.00 元	星星离我们有多远	35.00 元
喧哗与骚动	58.00 元	雪国　古都	39.00 元
羊脂球	38.00 元	一九八四	36.00 元
一间自己的房间	36.00 元	伊利亚特	82.00 元
尤利西斯	58.00 元	月亮和六便士	45.00 元
约翰·克利斯朵夫（上、下）	98.00 元	朝花夕拾	22.00 元
战争论	45.00 元	战争与和平（上、下）	108.00 元
子夜	49.00 元	中国民间故事	39.00 元
罪与罚	66.00 元	最后一课	36.00 元